SHORT CLASSICS
短经典精选

EVERYTHING RAVAGED, EVERYTHING BURNED
———————— Wells Tower ————————

一切破碎， 一切成灰

〔美〕威尔斯·陶尔 著　陶立夏 译

人民文学出版社
PEOPLE'S LITERATURE PUBLISHING HOUSE

著作权合同登记号　图字 01-2024-2475

Wells Tower
EVERYTHING RAVAGED, EVERYTHING BURNED: Stories by Wells Tower

Copyright © 2009 by Wells Tower
Published by arrangement with Farrar, Straus and Giroux, New York.
Simplified Chinese edition copyright © 2024 by Shanghai 99 Readers' Culture Co., Ltd.
All rights reserved.

图书在版编目(CIP)数据

一切破碎，一切成灰 / (美)威尔斯·陶尔著 ; 陶立夏译. -- 北京 : 人民文学出版社, 2024. --(短经典精选). -- ISBN 978-7-02-018705-8

Ⅰ. I712.45

中国国家版本馆 CIP 数据核字第 2024EG0059 号

总　策　划	黄育海
责任编辑	朱卫净　潘爱娟　骆玉龙
出版发行	人民文学出版社
社　　　址	北京市朝内大街 166 号
邮政编码	100705
印　　　刷	凸版艺彩(东莞)印刷有限公司
经　　　销	全国新华书店等
开　　　本	890 毫米×1240 毫米　1/32
印　　　张	8.25
字　　　数	148 千字
版　　　次	2011 年 12 月北京第 1 版
印　　　次	2024 年 8 月第 1 次印刷
书　　　号	978-7-02-018705-8
定　　　价	69.00 元

如有印装质量问题,请与本社图书销售中心调换。电话:010-65233595

SHORT CLASSICS
短经典精选

献给

我的兄弟们：丹、雷克和乔

目录

001 | 棕色海岸
031 | 归　隐
068 | 重要能量的执行者
096 | 穿越山谷
119 | 豹
136 | 你眼中的门
156 | 狂野美利坚
196 | 游乐场
230 | 一切破碎，一切成灰

棕色海岸

鲍勃·门罗趴着醒来。他的下巴生疼，清晨的小鸟正声嘶力竭地喊着，内裤里面实在感觉很不舒服。他很晚才抵达，脊椎骨因为坐了一路的公车而阵阵抽搐。他在地上摊开手脚，吃了两块咸饼干充当宵夜，现在弄了满身饼干屑：裸着的胸口下，手肘和颈间汗湿的皱纹中；而最大最要命的那块，他能感觉到正深深插在他的屁股缝里，仿佛有人将一枚燧石箭头射了进去。但鲍勃发觉自己无法拿出那块碎屑，因为睡觉时错误地压到手臂，它们麻了。他试着挪动手臂，感觉就像凭意念推动一枚硬币。初次在这座空荡荡的别墅里醒来，鲍勃就已感觉时日开始在他身上显效。贴着脸颊的冰冷地毡让他打了个寒颤，他能感觉到，在不远的某处，就在沙土下不远的某处，死神正向他伸出手来。

但他体内的小齿轮最后还是开始转动，将他拽离地面。他靠着墙壁等头晕劲儿过去，拂开身后的碎屑后，走进厨房。打开冰箱，里面空无一物，散发着保温瓶的闷酸味。脱了形的冰块散落在冰柜的格子里，鲍勃掏了一块塞进嘴里，尝起来像许久未洗的脏衣服。他将冰块吐到冰箱和烤箱之间满是灰尘的缝隙中。厨房外，是鲍勃此行计划要修整的院子。野生的蓟类与杂草从砖头间的小洞里蹿出来，灰白色的塑料桌椅歪歪斜斜地摆在被树根拱起的土堆上。看着这一团糟糕，再想到要花多少力气才能使其恢复整齐，鲍勃感觉有些恶心。

这房子一度是他父亲和叔叔兰道尔的共同财产，现在鲍勃的父亲死了，兰道尔迫不及待要将其抛售。六年前，他的父亲在被催促之下做了这笔投资，都没见到实物，鲍勃也不记得父亲曾来过这里。房契一签，这地方就成了兰道尔的天下。鲍勃曾寻思，他这个比父亲年轻十六岁的叔叔，是否对这一路的事态发展早有盘算。

兰道尔住在鲍勃以前住的地方，往北数小时的车程。在鲍勃父亲弥留之际，兰道尔发誓，他会竭尽所能，让自己侄子过得顺风顺水。葬礼后的几个星期内，兰道尔以定时前来慰问的方式履行承诺，尽管他所谓的慰问时常表现为：晚餐时间现身，一直停留到喝光鲍勃冰箱里的啤酒再走。兰道尔身上有些什么令人反胃：他油腻腻的头发总是展示着最近一次梳头留下的梳子印；已经是奔五的人了，却还戴着牙套。

鲍勃和父亲并不亲近，所以当父亲的死引爆鲍勃体内带着怒意的倦淡时，鲍勃和妻子薇姬都很困惑，这倦淡冻结了他对工作和婚姻生活的热忱。他的状态变得一塌糊涂，又在几个小差池的推波助澜下，捅下三个大娄子，需要很长时间才能让事态平息。他先是烂醉之后去上班，在建房工地犯下灾难性的疏忽，事后立马丢了工作。过了几周，他又跟当地一个律师汽车追尾，律师在撞车后下巴开始有脆响声，然后他就让陪审团相信这伤价值三万八千美金，比鲍勃父亲留给他的数目还多出两千。最糟糕的是，在试图为这些不快寻找解脱的路上，他开始和一个在驾校结识的寂寞女子幽会。这其中毫无乐趣可言，不过是在一间飘满浓浓麝香猫味道的地下公寓内，进行了两周词汇贫乏的争执。

此段风流韵事不咸不淡地发展还没多久，鲍勃和妻子开车去市中心，薇姬抬头时看见储物箱上方的挡风玻璃上有个女人的脚印。她脱下凉鞋，发现脚印和自己的并不吻合，于是告知鲍勃：那个家不再欢迎他。

鲍勃在兰道尔的长沙发上睡足一个月，兰道尔才想起要送他到南方。"先到海滨别墅去避一阵子，"兰道尔说，"这破事不过是半道上的小状况，你需要点时间来重整旗鼓。"

鲍勃不想走。在要求离婚这事情上，薇姬的态度已经开始软化，他也很肯定，只要假以时日，她就会重新对他敞开大门。但薇姬也鼓励他离开，既然事已至此，他觉得最好还是顺了她的意。不管怎样，兰道尔此举甚为慷慨，但当兰道尔将鲍勃送到公车站，并将一张早就写好的"工作事项"递过来时，鲍勃也并不意外。

兰道尔的别墅并不宜人：一间煤渣空心砖砌的小屋，刷着已开始剥落的粉色油漆。客厅地板上铺的蜡黄色油地毡没有好好粘贴，已经开始变形，沿着一道横跨整间客厅的接缝拱了起来。护墙板也在度过多个潮湿的夏季之后翘起，如今墙壁看来就像是冷峻多山地带的地形图。纸条上写道："起居室／石膏灰胶合板！"

在没有窗户的过道里，兰道尔挂上了自己杀掉的一些生物的标本。一只狐狳。一个鳄鱼脑袋，一头鹿正从它嘴巴里探出头来：乃他叔叔的神来之笔。一块正方形胶合板上展示着一排风干的旱叶草。厨房的水槽上方有幅画着啤酒罐的油画，右下角签着兰道尔的名字。百威的标识画得很不错，但兰道尔必须延展罐子的中央部分来容纳所有字母，所以罐子在中间鼓起，像条吞了老鼠的蛇。

在客厅的昏暗角落，一只老旧的水族箱冒着泡泡。它非常巨大，棺材那么长，三英尺深。除一罐发油、一具吸饱水的蝙蝠尸体以及其他水面漂浮物之外，里面空空如也。水黏搭搭、黑乎乎的，呈苔藓的颜色。尽管如此，制氧装置依旧在水缸里不疾不徐地吐着绿色泡泡。鲍勃按下开关,然后穿上夹趾拖鞋走了出去。

穿过那个荒诞的院子,一路上细小的蜥蜴四散走开。他跟随海浪的声音来到院子尽头,穿过一片松树林,枝干光秃,状如鬼魅。他从松树林走上一条铺着牡蛎壳的小路,那亮光让他在晨光中紧闭双眼。

房子建在一座小岛的最北端,这一点曾让鲍勃在兰道尔向他描述这地方时感到些许振奋。他喜欢沙滩:每天,浪潮冲刷着细沙留下一片洁净的样子;人们为度过一段美好时光而来到沙滩的景象。但当鲍勃过桥来到岔道时,沮丧地发现这岛看来不像有丁点沙滩的样子。这里陆地与海水相接的地方是一圈地势陡峭的烂泥地,蚊群欢歌,散发着臭屁般的可怕气味。离这儿最近的像样沙滩,公车上有个男人已经提醒过他,在位于三英里开外的另一座岛上,坐船过去要花十二美元。他还是觉得,到海水里泡泡或许不错,但在这个特殊地段,他就得爬过烂泥,满身污秽地走回家去。他转过身,朝小路方向往回走。

两个满头白发的女人坐在黄色高尔夫球车里疾驰而过。"嗨啊!"其中一个对鲍勃说。

"行了,够啦。"他答。

就在那时,小路上传来金属碰撞的声音,随之而来的是一个男人不断拔高的怒骂声:"狗娘养的!"咒骂的男人半个身子被庞蒂亚克的车前盖挡住了。"啊哦,真他妈杀千刀呐!"白头发的女人转过满是皱纹的脸看向恼怒的男人。高尔夫球车低吼着,加快速度行驶,不过也没能快上多少。

诅咒继续滔滔不绝,鸟儿们面对这种喧嚣陷入沉默。鲍勃发现,这个男人的怒火,正让自己也愤怒起来。这怒气让他想上前拔出撑着车前盖的那根被锯短的扫把棍儿,但他没有这么做。他走上前去,在男人身边站定。

"嘿,行啦,哥们,"鲍勃说,"这儿有人愿意给你搭把手呢。"

男人从车前盖里缩回脑袋,盯着鲍勃。他的整张脸几乎被脸颊占满,小而猥琐的五官仿佛是匆忙之间粘上去的。他手里握着根小撬棍。

"你他妈是谁啊?"男人的语气中疑惑多过敌意。

"我是鲍勃,"鲍勃说,"我要在这里住一阵子。"

"在兰道尔·门罗家?我认识兰道尔,我在他的猫身上动过些手脚。"

鲍勃眯起眼睛:"什么手脚?"

"德瑞克疗法。我是个兽医。"

"我还真没看出你是个兽医。"鲍勃说。

"我花了三小时才把交流发电机弄到这里。现在发现它和这该死的传送带不匹配。"

鲍勃对汽车的事略知一二,他查出了问题所在,很好补救。德瑞克在拧紧主螺栓前,没有将张紧装置放到正确位置。鲍勃做了些调整,皮带就服服帖帖地滑进轮槽里去了。但因为电池没电,汽车还是发动不起来,鲍勃不得不脱下夹趾拖鞋,紧拽着庞蒂亚克的保险杠,弓起身子沿小路一阵子慢跑,让汽车有足够的抬速发动起来。终于,引擎点着了,汽车冒出浓烟,鲍勃在路中央呛了满嘴的尾气。

德瑞克将车调头,停在鲍勃身边。他踩下油门,让引擎高速运转,嘴唇模仿着发动机的哨叫。

接着他从车窗里递出一些钱来:"喂,真有你的。这是五美元。等等,我有七块。"

"我不要这钱。"

"拿着!"德瑞克说,"今天多亏你。"

"我就拧了颗螺栓而已。"

"我就是用屁股想都想不到这主意。起码到我家喝点什么消消暑吧。"

鲍勃婉拒,说他想找条路下水去。

"哎哟,等你喝完一杯,大海就会干涸了是吧?"

"不管怎么说，现在喝有点早。"鲍勃说。

"兄弟，现在是下午一点了，今天还是周六。来吧，进屋。"

鲍勃明白，要拒绝这个男人，工程浩大。他跟着德瑞克进了屋。

帮兰道尔盖他那幢小屋的无脑蠢货也帮德瑞克盖了房子，只不过他们铺了蓝色而非白色的油地毡。起码，这地方还有点人气，散发着新鲜咖啡的味道，摆满家具。小小的客厅被成套买来的仿冒古董家具塞得满满当当，目力所及之处，三角纹饰、刻有花纹的手榴弹和花里胡哨的淋巴结构在你眼前炸开。

窗边，有个女人坐在躺椅里抽着香烟看杂志。她挺美，但在阳光下待得太久，被晒得干巴巴，几乎晒成了棕色，就像一株旱叶草。

"鲍勃，这是克莱尔，"德瑞克说，"克莱尔，这位绅士对我们的车施了点魔法。就在齿轮那儿捣鼓捣鼓，如今它可是一骑绝尘啊。"

克莱尔对鲍勃微笑。"喔，那可很了不起，"说着她和鲍勃握手，对油污毫不介意，"初来乍到？"

鲍勃答是，她又表示了欢迎。她告诉鲍勃随时来玩，大门永远对他敞开，而且她是真心实意这么说的。

鲍勃跟德瑞克进了厨房。德瑞克从冰箱里取出两个果酱瓶和一瓶装在塑料瓶里的伏特加。他朝客厅喊道:"要喝一杯吗,宝贝?"克莱尔说她想喝,德瑞克又拿出第三个果酱瓶。他将香槟倒进每个瓶子,再用冻成糖浆状的伏特加压下腾起的气泡。"克莱尔称之为'波兰式假期',"德瑞克说着递给鲍勃一杯,"他们那些人就是打那地方来的,他们可不是吃素的。喝上两杯,我下半辈子都清醒不过来,但她能大口喝上一整天,第二天早上一点事儿都没有。"

他们回到客厅,鲍勃坐到沙发上。德瑞克坐在躺椅扶手上,一手搂着克莱尔。

"你干哪一行,鲍勃?"克莱尔问他。

"我想,现在算是休年假吧。"鲍勃说,他大口喝着自己那杯酒,一股酸涩的暖意在胃中绽放,"不多久就要干回木匠的老本行,我干这行已经有阵子啦。"

"出了什么事?"克莱尔问。

"把一些楼梯做错了,被炒鱿鱼。发生这事以后,我觉得要花点时间才能让某些事情重回正轨。"

"这事听着就不对劲,楼梯,"克莱尔说,"听起来怎么也不该为这种东西炒人鱿鱼。"

鲍勃解释了一番该如何造楼梯,你得把每级楼梯都锯得一样高,分毫不差,即便是十六分之一英寸的误差都能让人绊个趔趄。"我不知道怎么回事,把中间一级楼梯锯成了六英寸高,而不是八英寸,我的脑子就是短路了。接着,那个老头,也就是房子的主人来查看进度。他在走下那些台阶时,咣当!一路摔到最底下,摔断了一条腿。这之后,律师就带着卷尺过来了,就这么回事,差不多就这么回事吧。"

"我就说嘛!"克莱尔说,"只有在美国,才会有人因为笨得连楼梯都不会走而发横财。"

"对这事我倒真不觉得冤枉,"鲍勃说,"那骨头戳出来蛮大一截。"

克莱尔一脸不屑:"那又怎样?"

鲍勃喝完瓶子里的酒,将瓶子放到桌上。"好啦,谢谢款待,"他说,"我想,该告辞了。"

"瞧,这会儿你才来……"德瑞克说,但厨房里的电话响了起来,德瑞克接电话去了。克莱尔将一根手指浸到自己的酒里,然后用嘴巴吮吸着那根手指。她的手背上有一条锯齿状的伤疤,在烤肉色的皮肤上,一段粉红色的嫩肉凸起。

"你该常过来吃早午餐,"她说,"我会做鸡蛋三文鱼饼。"

德瑞克从厨房回来,正朝一部无线电话说着,声音因充满权威而分外响亮:"你说什么?你看了吗?能看见脑袋吗?啊哈。是红色的还是泛白的呢?是啊,那很正常。听起来它要生了。我这就过来。"

德瑞克重新回到客厅。"搭顺风车过桥吧,"他说,"我得过去把某些东西从马屁股里拽出来。"

"什么样的东西啊?"鲍勃问。

"我希望,是一匹小马驹。"

动身之前,德瑞克指给鲍勃看该从哪里穿过院子去海边。现在天要热得多,太阳穿过灰色天幕发出刺目的强光,就像隔着布帘的探照灯。鲍勃穿过荒芜的花园,被盐渍腐蚀的灌木篱笆在他经过时沙沙作响。他穿着夹趾凉鞋踢踢踏踏地走着,因为那杯酒而头昏脑涨,高温引起的头痛紧随其后。在一排陡峭的沙丘顶端,他停下脚步,看见了大海。水面上排列着蓝绿相间的条纹,布满微风吹起的小波纹,像用锤纹铜材做成的巨大盘子。

鲍勃开始朝沙丘下进发,但这里地势也很陡峭,最简便的办法就是屁股着地滑下去。当他抵达沙丘下面的时候,短裤里全是沙砾,一束束海草缠在脚趾上。

他顺着那块狭长的岩石爬行。风势劈碎日间凝滞的潮湿,吹干他脸上和胸口的汗水。他将盐香吸进肺腑,体会胸腔内纯粹的酥麻。他触碰着水下如女人长发般摇曳的水草。他还俯身观察藤壶,它们细小柔软的触手盲目地搜索着看不见的猎物。

在距离水岸不远的地方，鲍勃差点踩进岩石上一个由海浪冲出的深水坑。它有浴缸大小，深不见底，边缘粘着两只深红色的海星。他将海星们捞出来，拿在手里硬邦邦的，还很扎手，但看起来很漂亮。他寻思或许可以将它们钉在什么地方当摆设，于是将它们兜在汗衫下摆里。就在准备起身的时候，他看到蓝色的深渊里有什么在移动：是条鱼，起码有四磅重，而且长得美极了，几乎和海水一样呈深蓝色，它只是静静地待在那里，微微扇动它亮黄色的鳍。它是那种用来观赏而不是拿来吃的鱼，那种会在宠物店让你砸上一大笔钱的鱼。鲍勃将水星放在岩石上，蹲在坑边，将手伸进水中。鱼没有动，甚至在他的手指伸到它身边时都没有动，但等他想抓时，它迅速弹射到水坑另一端，然后又只是静静地待在那里，悠闲地扇动着鳍。

他悄悄跟到鱼后面，走的时候沿水坑的东边绕圈子，以免影子投射到水面上，并再次把一只手伸进水里，但没有立即采取什么大动作。他左手撑着地，趴到水坑边上，然后探出身子，让一丝唾沫从嘴唇间垂下。白色的唾沫滴在水面上时，那条美丽的鱼抬起头来。权衡片刻，它滑行过来吃唾沫。鲍勃猜这鱼是在水坑里饿坏了，才会这么无精打采，还紧贴水面盘旋着，等待另一滴午餐从半空落下。鲍勃又吐了口唾沫，贪婪的鱼大口吃着。接着，鲍勃从喉咙口咳出一大口痰，然后缓缓垂向水面。鱼专心致志地停在那儿,等待着。当痰快接近水面时,鲍勃悄悄将一只手伸到静止不动的鱼下面,猛一使劲,连他自己都没料到的是,居然就把那条鱼抛出了水坑。它在岩石上猛烈跳跃,鲍勃感到一阵惊恐贯穿全身,他扯下汗衫,浸到水里,然后裹在扑腾的鱼上。当他全速冲上沙丘时,被裹住的鱼在他胸口扭动。那是一种暴力又洋溢着生命力的感觉,某个时刻,鲍勃怀疑这感觉是否和女人怀孩子时的感觉类似。

鲍勃穿过德瑞克的院子。克莱尔穿着比基尼待在混凝土浇制的门廊上。她朝他挥手,他大声朝她打了招呼,但没有停下来。他把夹趾凉鞋拿在手里,一边快步走一边诅咒嵌进脚底板的牡蛎壳。

他成功将鱼带回别墅,撞开纱门,把它扔进水族箱。鱼沉到水里,又缓缓浮到水面,用一只怅然若失的眼睛凝视鲍勃。

"啊哦。没门,伙计!"鲍勃带着毫无妥协余地的同情对鱼说。

他将手掌伸到鱼下方,掬起脏水泼过它的鳃,很快它再次游动起来。他将发油瓶子和蝙蝠捞出来扔在地板上。那条在岩石上损失了一小部分精致尾鳍的鱼,在水缸的一头漠然漂游,小口小口咬着一支插在角落里的铅笔。

鲍勃用煎锅充当长柄勺,将大部分绿色腐水都舀了出来,仅留下一点刚好浸没那条鱼。他又将剩余的垃圾都清理出来：一些瓶盖子、一个洋娃娃的头、差不多三美元的硬币。接着他从厨房拿了只汤锅，从海里取来干净的水。他花了四十五分钟，端着晃荡的锅爬上沙丘再回去盛更多的水。水族箱装满水后，鲍勃退后一步端详着，心满意足。

那条鱼满足地画着圈游动，似乎并不介意那只随海水一同到来的白色小蟹。水箱边缘似乎有一些渗水，鲍勃用水槽下面找到的填隙材料尽可能地修补了一番，接着他走大老远的路到杂货店买了两种鱼食。买回来后，他把两种鱼食各撒了一小撮到水箱里，看看鱼更喜欢吃哪一种。

那天晚上他问德瑞克和克莱尔借了张折叠床，把床铺在客厅里。他在水族箱后放了盏灯并将它打开。他不喜欢住在这房子里，它散发着隔夜饭的馊味，小虫子从没装纱窗的窗户里飞进来，整间屋子都随它们高亢的音调而颤动。躺着等待睡意降临的时候，鲍勃通过注视他的鱼寻到些许安宁，它如此巨大又如此平静，悬浮在闪闪发光的水中。有一阵子，它缓缓地在玻璃后巡视，用带金边的大眼睛看着鲍勃。接着，它骤然停在水族箱中央，颤抖着，开始从嘴巴里吐出一个半透明的乳白色气泡。鲍勃从折叠床上坐起身来，敬畏地看着那条鱼。气泡在水中抖动，形状却没有改变。当它涨到有篮球那么大的时候，鱼滑进气泡中，仿佛沉睡过去一般。

早上鲍勃走到花园里。这花园已经没有指望了。即便是整理那些野草，都不止兰道尔当初曾含糊承诺的一半价钱。如果他真按纸条上的指示，搬开那些地砖再把地面重新铺平，那他就玩完了。然而，为了让自己在沙滩上观看潮水涌来的漫长午后显得有理有据，他觉得还是可以拔那么一两根野草。

这工作让他恼怒，先是怪兰道尔，他在拥有这院子的过去六年内，显然不曾动过扫帚。然后是怪他自己，任由人生陷入如此境地，让他不得不重新干起多年没干的低级劳动。鲍勃曾全程参与了五间房子的建造，从地基到屋顶。他也为自己和薇姬盖了间房子，薇姬看见房子完工的时候笑得停不下来，因为它看起来实在太棒了。他和她，曾有过多么高贵得体的生活。现在他又将自己甩入多么完美的侮辱转折：四肢着地，像动物一样在荆棘和蜀葵间爬行，蜀葵的黄色果实让他的双手闻起来一股口臭味。毒辣的阳光打在他身上，周围没一个人来心疼他开裂的手掌或是端来冰凉的饮料。

所有野草都清理掉之后，院子看起来也不好看。它变得很整洁，但树根处的拱起就更引人注目，也更加刺眼。这景象简直是对他刚完成的那些工作的冒犯。蔑视过自己后，他从地砖开始着手，搬开地砖并将它们垒起来，然后再处理下面的树根。新生的白色树根用手拔，粗壮的松树根则用兰道尔生锈的斧子砍。这些活花了当天剩余的所有时间，当鲍勃在傍晚停工的时候，他全身疼痛，脸上和手臂上都晒脱了皮。他进屋喝了点搁了很久的"酷爱"饮料，味道几乎连自来水的酸度都比不上。然后他朝沙滩走去，随身带着那只汤锅。

德瑞克在他的院子里，鲍勃懊悔没从德瑞克家的另一头穿过灌木丛。德瑞克从椅子里站起身来，挥手示意鲍勃过去。他戴着绿色的塑料遮阳帽，身上穿的牛仔热裤短得很，鲍勃从未见别的男人穿过。"嘿，伙计，"德瑞克说，"你在干吗呢？"

"我想去泡泡水，"鲍勃说，"一整天都像奴隶似的做苦力。"

"干什么活？"

"把臭狗屎搬上搬下。"

"听着不错嘛，"德瑞克说，"我今天早上五点就起床了，帮一头脱肛的猪做缝合。那只锅是干什么用的？"

"不知道，"鲍勃答，"或许会在里面放点海洋生物啥的。"

"啊！等一下，"德瑞克进屋拿来一只褪色的绿色网兜，网兜还带铝制把手，"拿着。如果你不介意，我和你一起过去。"

鲍勃耸耸肩。

他俩滑下沙丘，走到那块礁石上。太阳是橙色的，油光水滑，就像罐头桃子。鲍勃把一只脚浸到温暖的水里。

"我要下去。"鲍勃说着解开皮带。

德瑞克原本在岩石上擦拭一块污渍，渐渐不耐烦起来。"下到水里头？去游泳吗？"德瑞克问。

"是啊。"鲍勃回答。他剥下短裤猛地扎进水里。

"天啊，裸泳？"

鲍勃没有回答。他向水中游去，海水像婴儿油一样浓稠而温暖。即便他静止不动，水也托着他，不让他下沉。

"好吧，"德瑞克说，"但不许嘲笑我的小鸟。"

他脱了裤子。鲍勃瞥了一眼他两腿间那只小得可怜的"零钱包"，挪开了视线。德瑞克的难题。鲍勃不想知道。他朝海浪游去。

海床快速下陷，才游出几英尺，他的脚就够不到底了。他潜过碧绿的海水，在阳光的热度无法抵达的冰凉中漂浮了片刻。只要能找到屏住呼吸的办法，那儿是个不错的去处。但他的肺里充满气体，很快他就感觉水面在他背上分开。

克莱尔正在草丛中寻找着下来的道路。她穿着毛巾布质地的短裙和豹纹比基尼上衣。她朝鲍勃挥了挥手。

"退后，克莱尔！"德瑞克朝她大喊，"鲍勃是个裸体主义者，他还把我也拖下水了。"

"明白啦。"克莱尔答。她无畏得如同运动员似的，不屑地脱掉自己的上衣和短裙,胸口和椭圆形臀部上的皮肤鲜嫩苍白得如同石蜡。鲍勃游到礁石的最尖端,一边看她,一边用酸痛的手臂划着水。他注视她悠然没入绿色波浪。

他思索了一会儿横亘在他与自己妻子之间的那些距离,以及要为弥合这段距离付出的代价。这将需要许多的交谈,许多的工作,比整理一百个院子需要的工作还多。这念头真叫人沮丧,于是鲍勃带着它的负重滑进水中。

当太阳开始落山时,鲍勃爬到岸上穿好自己的短裤。德瑞克和克莱尔还在远处的海浪间,随着波涛起伏,他们的脑袋时隐时现。

他来到岩石上的水坑边,发现潮水让它填满了令人惊讶的东西。一圈朱红色的小鲦鱼震颤着在水面下游动,岩石壁上吸着一只蓝色章鱼,还没有孩子的手掌大,正在向一只黄色的蜗牛发起攻击。鲍勃拿起网兜,小鲦鱼轻易就从缝隙间溜走,但当鲍勃抓章鱼的时候,它惊慌了,正好掉进网兜。他把章鱼放进汤锅,接着用手指捻起那只蜗牛。

德瑞克从水里爬起来,过来看了一眼:"加勒比珊瑚章鱼,"他说,"它们基本上都生活在南面,但当海水开始转冷,就像现在这样,洋流就会有些紊乱,把这些有趣的漂浮物带到这里。"

暴风雨迷蒙的帘幕正从西面向这里移动。克莱尔缓缓地从水里起来，像个长跑选手似的蹲着身子保持平衡，以免擦伤膝盖。她弯腰用手指拢住深色的大腿，然后顺着大腿下滑，被她抹去的水滴像剥落的银色皮肤。鲍勃注视她用相同的方式擦干另一条腿，这其中的美感让他喉间发痒。当德瑞克继续讨论着海洋生物与洋流时，鲍勃握拳挡住自己的咳嗽。

"还有哈兰山脊，从那个方向过去大约一英里，是一条水下的小山脉。它分开一部分湾流，将一些直流弹到我们这片海湾来，许多海洋生物也跟着一起来了，一年到头都这样。鹰翼鳐鱼啦、海龟啦，还有鲉鱼，都是些碰巧来到这里的流浪儿，都是不属于这里的东西。"

克莱尔将一只手搭在德瑞克肩上，舔掉滑到她上嘴唇的水滴。

"还记得去年吗，那条剑鱼？"克莱尔说。

"还有海豚，"德瑞克说，"如今，剑鱼算深海鱼，但以前确实有过，大概一码长。我们用椰浆把它煮了。兄弟，这些年来，我大概已经从这个坑里吃了价值一千美金的破烂，不是开玩笑。这是个很深的洞穴。前阵子我扎了个猛子下去——瞧好了……"

他突然停住话头，从鲍勃手里拿过网兜。一条长约十八英寸的土黄色鳗鱼出现在水坑的另一端。德瑞克踮着脚尖走过去，猛地抄起网兜将它捞了上来。

"美洲鳗[1]，"德瑞克说，"就是美国鳗鱼。有点发育不良，但我们可以把它烤了。"

"不，不行，"鲍勃说，"放到这里来。我想留着它。"

"你了解这些东西吗？"德瑞克问道，依旧举着那条被网住的鳗鱼，"这种鳗鱼和欧洲鳗鱼，当它们还是幼苗的时候都是从藻海[2]出发。有些顺着湾流到了这里，有些则一路游到欧洲。都是同一种鳗鱼，只是捕获它们的地方不同罢了。"

在德瑞克说话的时候，鳗鱼挣脱网兜的边缘，向着水源方向快速蠕动。德瑞克慌忙追上去，用手将那鱼引到网兜中去，正忙着，鳗鱼在他拇指上狠狠咬了一口。德瑞克一边咒骂，一边将鳗鱼甩进锅里。

"这狗娘养的杂种现在不归你了，鲍勃，"德瑞克说，"它和一些滚烫的炭火有约。"

但鲍勃还是端起汤锅，把它抱上了斜坡。

一周接下来的日子里，鲍勃养成了良好的生活节奏，白天工作，傍晚要是有兴致，就去和邻居闲扯。要是没兴致，就到海里打发时间。他带回很多东西放进水族箱：一只寄居蟹、几只海

---

[1] 原文为拉丁学名：Anguilla rostrata。
[2] 位于北大西洋中央的区域，附近洋流汇集。

马、一条小鲛鱼。

一天，鲍勃和德瑞克开着庞蒂亚克到海岸另一边的码头，用油渣当诱饵，钓海鲶鱼。他们把鱼带回兰道尔的房子里，克莱尔也过来了。当她看见鲍勃的水族箱时，惊讶得伸手掩住了嘴巴，说她无法相信所有这些东西都是他从海里捞起来的。接着她把鲶鱼放到一起开始清理。小时候，她说，她父亲总是让她处理捕来的鱼。过去她对家务事深恶痛绝，如今却在其中获得满足。

在院子里，鲍勃看着她将鱼头按在一块胶合板上，然后把电水壶里的沸水浇上去。她用折叠小刀在鱼身上切几道口子，再用一种特殊的镊子将鱼皮剥下来，露出下面雪白的鱼肉，一气呵成。她把鱼切成小方块，蘸上店里买来的面包屑后，扔进沸腾的油锅。

他们坐在院子里用纸盘子盛着鱼吃。

"瞧瞧，鲍勃，这儿被你收拾得真不错。"克莱尔一边说，一边研究着他在地砖上花的工夫，她正在喝第四瓶啤酒，声音也并没有多少热忱，"我想请你过去，帮我捣鼓点东西。我想要一扇当中有窗户的前门，或许还要弄几扇不值钱的天窗。但我们要是有点脑子，或许就该把那堆狗屎烧了，划根火柴就行。"

"干吗要这样说话，克莱尔？"德瑞克道，"我们这会儿过得挺开心，你却偏要说些那样的话。"

"哎,事实如此啊。"克莱尔答。

鲍勃对此不屑一顾,他从嘴里拽出一根细骨头,将它弹进黑漆漆的院子。"我或许过几天就走,"他说,"我走以后,可能要你们过来照顾那些鱼了。"

第二天晚上,他步行到岛上的小镇,打付费电话回家。一只大灯泡在电话亭顶上嗡嗡作响,一群飞蛾在黄色的灯光中跌跌撞撞。他将一把二十五分硬币塞进投币口。等待片刻。一个男人接起电话。

"嘿,兰道尔。"鲍勃说。

"伙计,"兰道尔问,"怎么样啦?"

"我不知道,"鲍勃答,"我整理好了你的院子,还往那些橱柜上甩了点漆。"

"谢谢,兄弟。那是雪中送炭啊。本该我自己来做的,但你知道……无论如何,这真是太好了。"停顿片刻,兰道尔朝听筒打了个喷嚏,"那些护墙板怎么样了呢?"

"它们糟糕透顶,并且会保持这个状态。"鲍勃说,"我可不准备推着独轮车到店里去把成捆的石膏灰胶板运回来。"

"你就不能弄辆卡车或者别的啥?租一辆?"兰道尔说,"或许他们送货上门呢。见鬼,我不知道,鲍勃,你去搞定。"

"你在我家干什么?"鲍勃问。

鲍勃听见兰道尔说了什么,但是没听清楚。薇姬接过电话,问候他。

"嘿,薇姬。"他说。

"嗯,过得怎样?"

"噢,真是太棒了,"鲍勃说,"我在院子里挖到石油飞黄腾达啦。这里全是香槟和黄金马桶。我还让人随时待命,来往我嘴巴里塞葡萄。但,不管怎么说,我已经尽力去喜欢这地方。我马上就要为准备回来做好准备了。"

"哈,"她答,"有些事我们得谈谈。"

鲍勃问是什么事,薇姬一开始不肯说。她告诉他,她爱他,很长一段时间都在为他担心。她说,她为他那些不明智之举而同情他。她说,她不喜欢没有他的陪伴,但尽管她绞尽脑汁,也还是找不到现在就重新接纳他的理由。她用冷静的、律师般的口吻,列举了一长串鲍勃的缺点。听起来,她已经把所有一切连同日期和证人都记录下来,并标注出最糟糕的部分。鲍勃听着这一切,感到自己在发冷。

他注视一只老鼠从饮料贩卖机后面走出来,啃着一张优惠券。

"你为什么不告诉我,兰道尔在我的地盘上干什么?"他说,

"我们干吗不谈谈这些事?"

"我们为什么不干脆啥都别谈?"她说,"当我不记得你是什么样的人时,要开心得多!"

鲍勃叹一口气,开始半真半假地不停道歉,但薇姬没有回话。他怀疑她将听筒从耳边拿开了,当她妈来电话的时候,他就见她这么干过。然后鲍勃又将话题绕回他叔叔身上,仿佛在这事情上他底气十足,表示如果兰道尔不安分守己,他准备将他如何如何。

"你为什么不写到明信片上去,鲍勃?"她说,"嘿,听着,我要去煮面条了。玩得开心点,好吗?保持联络。"

"喂,听着,他妈的……"鲍勃开口,但还没等他说出任何一句原本想说的话,薇姬已经挂了电话。

在几乎已经熄灭的落日余晖中,鲍勃步行往回走,路过镇上的一间酒吧,听见男人和女人的笑声。他在商会那里转弯,商会不过是由车库改建的,没有标识,只是挂了块木牌,上面烫着歪歪扭扭的字母。经过邮局后,鲍勃踏上了回家的路,沿着它一路走进暮色。

德瑞克过来的时候鲍勃正准备上床。他没敲一下就推开了门。"噢,不是吧!"鲍勃大声说。

德瑞克踩着外八字,跟跟跄跄走进屋,眯着眼四处打量了一两秒，才看清鲍勃坐在折叠床上。

"起来，"德瑞克说，"你和我，进城去！"

鲍勃叹息。"伙计，回去吧，"他说，"克莱尔呢？"

"去他妈的克莱尔！"德瑞克说，"我跟你说，她诅咒我。她看不起我，她和我说话的样子穷凶极恶。让她见鬼去。现在，让我们开车去可可亚海滩①，找些人来打啵睡觉。"

"坐下，"鲍勃说，"我给你弄杯喝的去。"

"好主意。"德瑞克说。

鲍勃走进厨房，调上一壶"酷爱"饮料，倒了一些在杯子里。当他回到客厅时，德瑞克已经在地板上睡着了，在酣睡中小声打着呼噜。鲍勃没办法叫醒他，于是让德瑞克侧身躺着，给他盖了条毯子，然后自己睡到折叠床上。

克莱尔敲门的时候，鲍勃正要沉入梦乡。她开了门，将脑袋探进来。

"他在这儿，喝高了，"鲍勃说，"我劝他好一会儿，但他什么都不肯说。"

她走进屋内。"我们就让他这么躺着吧，"她说，"我是给你送这东西过来的。"

---

① 位于美国佛罗里达州的旅游地。

她开了一盏灯,手里是一只装满水的沙拉碗,碗底有个满是斑点的棕色玩意儿,它软绵绵的身体上长着红色的刺状凸起。在鲍勃看来,它看着像谁吃了红宝石后拉出来的屎。

"是什么?"鲍勃问。

"不确定。海蛞蝓吧,我猜。今天发现的,"她说,"简直难看死了,是吧?或许它唯一能做的就是给别的鱼带来一点自信。你要吗?"

"好啊。"鲍勃答。

她把水族箱的盖子推开,将那东西倒进去,然后轻轻走到鲍勃床边:"你是准备走呢,还是想再住几天?"

他的手滑过她膝盖后的凹处,然后收了回去。她跪在他身边。他的手穿过她的头发,捧着她的后脑,她从喉咙深处发出一声放松的呢喃。

"你想要我跟你进房间去吗?"她问。

"想,但别这么做。"鲍勃说。

"为什么不?"

他没有回答。她皱着眉等了片刻,随即关上灯,躺到地板上,睡在她丈夫身边。

鲍勃很早就醒了。克莱尔大声打着鼾。不流通的空气因为她和德瑞克的呼吸而充满酒气。她蜷在德瑞克的臂弯中，一只拳头抓着德瑞克的大拇指。鲍勃起身的时候，她的眼睛睁了一下又闭上。

太阳还没有升高，阳光从窗户里斜斜照进来，将整个房间沐浴在明亮的光线中。鲍勃朝房子另一边瞧了一眼，发现水族箱有点不对劲。他没看到鳗鱼和那条长着黄色长鳍的漂亮鱼。他走过去，才发现它们全漂了起来，在水面上颤巍巍地形成一条尸体带。在空荡荡的水中央，是克莱尔带来的那只蛞蝓状生物。它一边伸缩着身躯，一边带着愉悦的孤寂，在玻璃后面漂游。

鲍勃觉得自己要吐了。他握紧拳头，狠狠砸向玻璃正中部位。一下还不够解气，于是他又砸了两下，用尽全身的力气。水族箱朝后倒去，然后弹回来滚下底座，砸向地板，水花四溅中发出一声巨响。玻璃碎片横飞，已经死掉和正垂死的鱼被冲向房间各处。

被水花溅到的时候，克莱尔弹跳起来。而脸贴着地板睡的德瑞克则坐起身来，还没等完全睁开眼睛，就吐出一大口水箱里的水。然后他低头看了一眼突然停在他大腿上的寄居蟹，又看向鲍勃和克莱尔，脸上的疑问似乎找不到任何合理的解释。他问："这客厅究竟怎么啦？"

鲍勃想要解释，但是他的喉咙因干涩而疼痛。一只海螺夹在他脚趾之间,他俯身用拇指和食指捏住它,直到听见海螺壳碎裂的声音。那只蛞蝓躺在墙角,被一团头发和布头缠住了。

"克莱尔,我觉得是你的蛞蝓咬死了我所有的鱼。"鲍勃终于开口,一边还大声喘息着。他走过去,将那生物放进一只咖啡杯。

"那是他妈的海参啊!"德瑞克说,"这些东西可是剧毒的啊。你不能把这些狗杂种和别的鱼放一起养。等一下,嘿,是你把它带来的,亲爱的?"

"是啊,昨天晚上。但是,我……"

"喂,真是见鬼了,克莱尔,你为什么不把那该死的玩意儿先给我看看呢?我肯定告诉过你……"

"没关系的。"鲍勃说。

"不,伙计,"德瑞克看着脚边被毁掉的生命,说,"这是注定的,根本躲不了。"

"哎,鲍勃,我真是非常、非常抱歉,"克莱尔说,"哎,鲍勃,我好难过。"

"没什么大不了。"鲍勃嘟囔着说。

"真是个恶毒的东西。哎,鲍勃,"克莱尔说,"把它放进马桶冲掉吧。"

"把它的屁股裹上盐,让它付出代价!"德瑞克说。

但鲍勃却对这蛞蝓心生好感。他不知道，如果他生为海洋生物，上帝是会让他像脚边那条美丽的鱼一样，拥有蓝色和黄色的鱼鳍，还是会让他投胎成鲨鱼、梭鱼或是其他什么俊美的毁灭者？不，他可能会成为这条海参的同类，有着下水道污垢一般的外表，打着带毒素的饱嗝，将漂过他身侧的一切美好事物统统毁灭。

"不行，我要把它丢回海里去。"他举着那只咖啡杯走出后门，就像一个哨兵举着他的蜡烛。克莱尔和德瑞克跟着他，讨论着圣文森·德保罗的那些二手水族箱，以及周一他们要如何去那里，由德瑞克买单，给鲍勃弄到五十加仑水箱需要的全套装备。

"是的，我们要去，"克莱尔说，"我们还要到杜贝宠物世界去，给你买上所有货真价实的好东西，比你以前有的那些还要好。"

"唉，再说吧。"鲍勃说话的声音像是从很远的地方传来。

当他们到达石头防波堤的尽头时，惊讶地发现一艘双体帆船在岛的这一边海峡中晃动着，正滑过海藻和水草向洁净辽阔的水域驶去。一个年轻人蹲在船舵旁，他是位心满意足又能干的船长，一条手臂屈起，拳头放在壮实的大腿上。在船身间铺开的黑色吊床上，年轻人的女朋友正盘腿坐着，用一根短短的吸管喝橙汁。女孩穿着黄色的男式衬衫，松松地打了个结，露出里面的白色比基尼，在晨光中如此赏心悦目。他们朝彼此微笑，带着阴谋得逞的高兴劲儿，那神情一看就是成功逃脱了乏味家庭出游的年轻人。绕过礁石的时候，他们像举行仪式似的，朝站在那儿的三个人挥手，仿佛鲍勃、德瑞克和克莱尔站在那里就是为了祝福这对漂亮的年轻人。克莱尔和德瑞克回以微笑，并挥手致意。鲍勃·门罗也在微笑，甚至当他垂下手臂，又轻松随意地将那条海参抛进金蓝色的晨风中时，他仍在微笑。这一记抛得很高，要是没有那阵从陆地上吹来的暖风将帆船推离海岸，海参或许已经掉在那个漂亮姑娘的大腿上了。

归　隐

　　有时，有的时候，在喝了差不多六大杯之后，给我弟弟打电话倒似乎是个理智的想法。要消耗许许多多的漂白剂才能淡化那些晦涩的记忆，比如我的九岁生日，当时史蒂芬六岁，他在乌姆斯泰德公园的金鱼池边追上我，猛推一把，让我摔了个倒栽葱。水深只到膝盖，所以在肚子着地之前，我还手脚并用地划拉了好一阵。我的朋友们笑到流泪。妈妈把史蒂芬抱到大腿上，用梳子坚硬的那一面揍得他屁股通红。但这在我的嘉宾们看来，只是巩固了史蒂芬英勇的小喜剧演员身份，他甚至愿意为艺术献身。

　　或是在十一年级的时候，当时我在我们高中排演的《油脂》中和一个名叫多蒂·克拉克的女生演对手戏。我们在舞群中扮演一对可有可无的龙套，可能有四句话的对白。多蒂是个平淡无奇的姑娘，长着细瘦的下巴和一对超大且不整齐的虎牙。她对我一点吸引力都没有，但是我和多蒂在一起的场景却让史蒂芬燃起熊熊妒火。他用海报、特别的笔和贴纸将她包围，对她展开追求攻势,还用什么水晶做的破烂玩意儿在她窗台上投射彩虹。这些攻势发挥了作用,然而当多蒂终于为史蒂芬的吻而张开了她不寻常的嘴巴时,很多年之后他告诉我说,他退缩了。"那些牙齿!就跟亲吻锥齿鲨似的。真不明白我当初为什么会追她。"我知道为什么,他也一样,心知肚明。在史蒂芬看来,所有美好之物未经他染指之前,断不能让我得手。

或是我十六岁、史蒂芬十三岁那年的一个春日,他发现我在他房间里听他的磁带。我的耳朵聆听他喜爱的音乐构成了不可原谅的玷污行为。所以他把我听过的磁带全都归拢起来,一盘接一盘地在他书桌边缘上敲成碎片,并要我指出还有哪些专辑想听,他可以一并敲碎。

或是妈妈不在的那个冬日清晨,我把穿着睡衣的史蒂芬锁在门外足足一个小时。我隔着窗玻璃嘲笑他,而他在结冰的大门台阶上捶着门,因为愤怒而狠狠抽泣。我无法解释自己为什么要这么做,只能说我的体内藏着个小顽童,我弟弟的愤怒让他甘之如饴。史蒂芬的愤怒是歇斯底里的憎恨,某种程度上来说有点色情,与观看别人做爱时的反应有点类似。经过寒冷的一小时,我把史蒂芬迎进屋内,以一杯浓浓的热巧克力作为安慰,当时我还在大笑。他用通红的手指紧紧攥着马克杯,将热巧克力一饮而尽,然后从柜子上抓起开瓶器朝我扔过来,在我的嘴唇下方凿出一道两英寸长的伤口。这在我下巴的胡髭中间留下一个白色的括弧，使我的微笑总像个顽童般歪向一边。

但都是些陈年旧事了，我们盘根错节的历史逐渐变得伤感而简单。我会为我的弟弟湿了眼眶，想起我们之间白白损失掉的三十九年时光，我的悔恨日益增加。

无论如何，在十月的某个夜晚，在第五杯朗姆酒喝到一半的时候，我开始有了这样的感触。当时我正站在山顶，那山是我不久前在缅因州的阿罗斯托克县买下的。沉沉暮色中，我爬到山顶，空气因为苔藓与蕨类植物湿润的甜香而显得黏稠。头顶上方，蝙蝠正在逐渐暗下来的天幕中低飞。我已经到这里四个月，但这地方的魅力每天都让我印象深刻。自春天以来，我和史蒂芬还没有说过话，但今晚，当落日的余烬依旧在阿巴拉契亚山脉的缺口中燃烧时，我觉得自己拥有的杰出才干超越了自身的掌控范畴。冬天很快就要来了，我想听听史蒂芬的声音。山顶上刚好有一格信号，于是我给他打电话。他接了。

"史蒂芬·拉蒂莫尔。"他说。声音平静而戒备，好像随时准备接受冒犯。他的这句话已足够让我的情绪波动。

"史蒂芬，我是马修。"

"是马修啊。"他重复道，语气就像你听完医生的诊断后说：

"是癌啊。""我这里有客人。"史蒂芬以担任音乐治疗师为生。

"好吧,"我说,"有问题问你。你对山有何看法?"

一阵小心谨慎的沉默。史蒂芬那头传来声响,有人在穷凶极恶地摇铃鼓。

"我对山没意见,"最后他说,"怎么了?"

"噢,我买了一座,"我说,"我正在山顶用手机给你打电话呢。"

"恭喜啊,"史蒂芬说,"是波波卡特佩特火山①吗?还是你把7-11便利店开到马特洪峰②上去了?"

这些年来,我在房地产上赚了很多钱,由于一些我不是特别明白的原因,这伤害了史蒂芬的感情。他不是牧师,但对虔诚与奉献极度看重,让你清楚知道他有好的价值观。在我看来,这些价值观不过是要就着盒子吃拉面,每隔十五年左右上一次床,看见我这样的人时要背过身去——我这样的人是指那些有家有恒产、不会浑身散发穷酸味的人。

我爱史蒂芬,因为他是我唯一健在的家人。当我十岁、史蒂芬七岁的时候,心脏病带走了我们的父亲。我大学还没毕业,酒

---

① 墨西哥境内的一处活火山,高达5426米。原文Popocatepetl一词在古印度语中意为抽烟斗的火山。
② 阿尔卑斯山脉最著名的山峰,海拔4478米,也是瑞士的象征。

精又夺走了我们的母亲，也是从那个时候起，我们开始真正疏远。史蒂芬坚信自己将会成为声名卓著的钢琴家，当他不练习的时候，就抱怨自己本该获得怎样的成就。他没有杰出的天赋，但是钢琴给了我弟弟一个出口，逃离那个在他看来苦涩而复杂的世界，而那个世界对他也怀有相同看法。

而我，则恰恰相反，一直都明白世无定事，如果你想要有所作为，那就怀着满腔激情着手去做。我很早就结了婚，还经常结婚，十八岁就购置了自己的第一处房产。现在，我四十二岁，已经经历了两次友好的离婚。我在美国的九个城市生活过，赚过钱。深夜时分，当睡意不肯降临，我的呼吸因为担忧而变得急促，我担心自己的雄心壮志或许剥夺了人生中那些传统的犒赏（长久的亲密关系，开枝散叶，组建家庭），这时我就回想一番这些年来由我经手的那几百套房产，想着住在里面的那些虽数量不多但心怀感激的人，或是他们靠拥有这些房产将获得多少投资回报，正是我率先发现了它们的潜在价值。恐惧减退，不断膨胀的焦虑也从我五脏六腑中散去。我放松下来，心满意足，沉入梦乡。

史蒂芬把他继承的那部分遗产花在音乐学院，他在那儿学习作曲。他的音乐在我听来很阴郁，当你坐在一辆拖着排气管缓缓行驶的汽车里时，会迫切需要来上这么一盘唱片，但别指望能跟着哼哼。没有乐团跟他签约,他就来了一次艺术化的崩溃,将自己放逐到了俄勒冈州的尤金,在那里为他所有的作品润色,并以教精神不太正常的人通过吹口琴恢复神志来勉强维持生计。两年前,我在西雅图开完会后开车去看他,发现他住在蜡烛店楼上一间肮脏的公寓房里,同住的还有一条行将入土的柯利牧羊犬。那条狗失去了小便能力,所以史蒂芬必须时常把它拖到楼下人行道旁的绿化带里。在那儿,他跨立在那条可怜的狗身侧,用叫人惨不忍睹的海姆利克操作法,徒手排空它的膀胱。你实在不忍心看着你唯一的血亲跟这种事情沾边。我告诉史蒂芬,为业务考量,明智的做法是让这条狗安乐死。这话引发了一次场面很难看的争吵,但说真的,在我看来,要是你时常看见一个人在路边手把手给一条半死不活的狗"榨汁",当你想学习如何变得不那么神经时,你才不会去上这个人的课。

"这山还没名字,"我告诉他,"见鬼,我要以你的名字为它命名。我要叫它 B.A.S.S. 山。"(这是家传的缩略语:Bald and Something Stinks,意为谢顶并散发恶臭的某样东西。史蒂芬二十岁刚出头就开始掉头发,他有个朝天鼻,一副不以为然的样子,好像总是闻到了什么脏东西。)

史蒂芬干巴巴地嗤笑道:"就这么着吧。我挂电话了。"

"我给你寄我那小木屋的照片没有?从一架风车上获取电源,

它简直就是堆见鬼的破烂啊。你得到这里来看我。"

"那查尔斯顿怎么说?阿曼达又在哪儿?"

我把一块青柠皮吐到手里,朝蝙蝠群扔去,想看看它们会不会咬上一口。它们没咬。

"不知道。"

"你开玩笑吧。出什么岔子了?"他的声音转而带上那种训练有素的、冷静的郑重其事,只是背景中不间断的铃鼓厮杀声削弱了效果。

要承认自己眼下正处于过渡期也没什么可耻。和众多精明可敬的人一样,我被查尔斯顿房地产市场的大逆转杀了个措手不及。我不得不向我的前未婚妻借钱,她是个富婆,只要你不让她掏腰包,她就对钱不看重。罅隙渐生,婚约告吹。我折现最后一笔资产,买下一座令我引以为傲的高山,此刻正站在它的顶端。方圆四百英亩,外加一间小木屋,多亏有我那好得没话说的邻居乔治·塔巴德帮忙,小屋即将完工,正是他把这块地卖给了我。眼下唯一的麻烦是,我得在这里住满一年,但明年秋天我就可以分割这块地产,将其转卖,巧妙避开州政府针对非自住投机者征收的额外赋税,然后顺风满帆地驶向人生的新篇章与低价购得的度假屋。

"没出任何岔子,"我说,"她听力不好,下身有异味。不管怎样,我拥有了一片不曾被糟蹋过的美国土地。来看我。"

"现在时机不太凑巧,"他答,"再说我也付不起机票钱。无论如何,我这里有客人呢,马修。我们回头再谈这事。"

"去他妈的机票钱,"我对他说,"我来买机票。我要你来看我。"事实上,我本无意做出如此善举。我敢肯定,史蒂芬的银行存款比我多,但他哭穷的样子在我身上施了激将法。他一这么做,我就迫不及待地想拿整袋金币狠狠砸向他的脑袋和脖子。于是他又说自己不能扔下碧翠丝(那条柯利牧羊犬居然还活着!),好吧,我告诉他,要是他能找到合适的铁笼子安顿它,我也很乐意为之买单。他说他会好好考虑。一阵马林巴的乐音透过电话线汹涌而来,史蒂芬挂了电话。

这场对话让我恼怒,我情绪低落地走回小屋去,但一看到乔治在我家门廊上,我精神立即振作起来。门廊有一半还只是裸露的地板托梁,他正站在梯子上,往山墙上钉一块新饰边。"晚上好,甜心,"他说,"实在无聊,就来给你这儿添砖加瓦。"

他当然不是不速之客。我们俩几乎每天都一起盖我的房子,差不多每个晚上都一起吃饭。乔治快七十了,但我们相见恨晚。他的家族自十九世纪五十年代起就在这片区域生活,但他在大约十年前才落叶归根,之前他有过几段婚姻,有过一些孩子,四海为家。我的小屋几乎是他徒手盖起来的,他似乎也并不介意我能支付的工钱比他能在镇上赚到的少了一半。除却他的工作,我更在乎的是他的陪伴,那就像一针温和的麻醉剂。他会大笑着,喝着酒,漫无边际地靠谈论链锯、女人、保养工具打发掉一个又一个夜晚,而他谈论这些话题的方式,让你觉得这世上除此之外再无其他值得你在意。

他的螺丝枪又发出几声呻吟,他装好了那块东西。一串四条腿的木头玩意儿,就是那种墨西哥毒贩会挂在汽车天花板上的东西。对他的第一件作品我很是赞赏,但如今乔治的"花边情结"已经蔓延到目力所及的每一处屋檐和拱腹,于是整幢屋子都吐着花边白沫。大约每隔两天,他就会带来一件新的装饰品。我的房子开始变得类似于你和情妇在廉价旅馆过周末时给她买的那些衣着首饰。反正没人在我木屋旁等着受刺激,所以我觉得这也无伤大雅。但我已经意识到,在乔治搬走或是归西之前,我只能沦陷在这"花边奇想"的炼狱中了。

"大功告成啦,"他说着,后退几步欣赏效果,"很是扎眼的怪东西,对吧?"

"彻底征服了我,乔治。多谢。"

"现在来玩双乐棋如何?"

"求之不得。"

我走进屋里去拿棋、朗姆酒和那天买的一夸脱橄榄。乔治是个残酷的对手，整盘棋就是场漫无目的的溃败，但我们还是在夜晚的清寒中坐上好几个小时，一边喝着朗姆酒，一边沿棋盘移动涂了漆的棋子，还将橄榄核吐向栏杆外面，它们悄无声息地落进黑暗中。

没想到，史蒂芬给我回电话了。他说愿意来，于是我们定了日期，就在两周后。飞到艾登镇要一小时二十分钟，机场就建在那里。但我和乔治抵达的时候，史蒂芬的飞机没有到。我走进充当候机厅的活动房屋，一个穿棕色短夹克、一头灰发的小个子女人正坐在无线电旁边，看着当地报纸。我进出过这间候机厅十几次，但她没有泄露认得我长相这个机密，这似乎是当地人惯常使用的伎俩。这种失礼之举似乎是经过深思熟虑的，而且自有其可行之处。要是你和太多人握手言欢，那过不了多久就会知己遍天下，连挖个鼻孔都举世皆知。然而，让我住在一个当地精英都比纽瓦克的码头搬运工还要粗野的地方，还是相当郁闷。

"我弟弟的班机从班戈来，本该在十一点抵达。"我告诉那个女人。

"飞机不在这里。"她说。

"我知道。你知道它在哪里吗？"

"班戈。"

"那它什么时候抵达?"

"要是我知道的话,我就该去什么地方选匹马了,对吗?"

她随即重新埋首于报纸中,结束了我们的对话。《阿罗斯托克公报》的头版标题下,是一张死亡的哈巴狗照片,标题写着"派蒙特发现神秘生物尸体"。

"真神秘呐,"我说,"'显然是条狗之疑案'。"

"这里写着'尚无定论'。"

"是条狗,一条哈巴狗。"我说。

"未确定。"那个女人答。

为了打发时间,我们去了艾登的木材市场,我往车厢里塞了些用来完成门廊的木料。然后我们回到机场。还是没有飞机来。乔治想要掩饰他的恼怒,但我知道他不乐意和我一起被这破差事耽搁。他今天想去猎鹿。乔治一心想在天气变得让打猎成为苦差事之前,猎到一头鹿。在这地方,往自家冰柜里塞上亲手猎来的肉,显然是雷打不动的秋季盛事。自从猎鹿季节到来之后,我和乔治一周出去打猎两次。我误打误撞轰掉了一只鹅的脑袋,它瘦得皮包骨头。除此之外,我们一无所获。当我提议到肉店买些牛肉或是别的东西时,乔治的表情显示我这实在是哪壶不开提哪壶。新鲜鹿肉比店里买来的牛肉要好吃得多,他争论说。而且,要是你的冰箱被偷肉贼洗劫一空，你也不会损失很多钱，这种事在穷乡僻壤可是很普遍。

为了补偿乔治，我在艾登的一家小酒馆里请乔治吃午餐。我们吃着汉堡，喝了三杯威士忌，每一杯都酸不拉唧。乔治并没有直白地抱怨什么，但他不停地看着手表扬起眉毛，发出痛苦的叹息。我的怒火已经开始燎原，怪史蒂芬没有打电话来告诉我飞机延误的事。只要能省下自己的电话钱，他就不介意毁了你整个早上，他就是这种人。当酒保过来问我是否还要点别的东西，我正满腔怨愤。我告诉他："是的，龙舌兰加奶油。"

"你是说卡噜哇①加奶油吧？"他问。我要点的正是这个，但经过史蒂芬和机场的女人，我觉得自己受到的蔑视已经足够一天的定量。"我点什么你就拿什么，如何？"我对他说，他跑腿去了。

当我咬牙切齿地咽下那恶心的混合物时，酒保轻蔑地告诉我说，欢迎我再来上一杯，他请客。

当我们赶回机场时，飞机已经降落，然后又飞走了。天空飘起了蒙蒙细雨。史蒂芬等在门外，就在下水道旁边，支着下巴坐在旅行袋上。他比我上一次见到时更瘦，眼睛下方有紫色的黑眼

---

① 产自墨西哥的咖啡利口酒。

圈。雨水已经把他浇得湿透了,残留的几根头发可怜兮兮地贴着他的头盖骨。他的羊毛外套和粗条纹灯芯绒裤子已经旧得不再合身。风吹过,史蒂芬就像堆用防水油布草草遮盖起来的货物。

"嘿,兄弟。"我朝他喊道。

他扫了我一眼。"这他妈怎么回事,马修?"他问,"我在飞机上一整晚都没合眼,就是为了在阴沟边上坐两个小时?这都是真的吗?"

"三小时前我就来过,"我说,"今天我也有正事要办,史蒂芬。但是现在乔治醉了,我也快不省人事,一整天时间都泡了汤。"

"哦,上帝啊!"史蒂芬说,"我就是为了这个才让他们扣住飞机的!给你添麻烦!"

"我就是这意思,混账,要是打个电话来你会死啊?"

"你才是呢,混蛋!"史蒂芬气炸了,"你知道我没手机。马修,这是你他妈擅长的……领域!对我来说,可没必要非弄个特别的仪器才能避免把别人扔在雨里。"

我本想指出,史蒂芬可以和那个无线电旁边的女人一起在移动屋里等,但我怀疑他是故意要站在阴沟边,好让我到达时见到这片愁云惨雾。他就是一幅伤感的肖像。他在瑟瑟发抖,脸颊和额头因为被这里不怕寒冷气候的蚊子不停叮咬而布满了包。此时此刻,正有一只蚊子叮在他耳朵边上,肚子在苍白的日光下鼓得像石榴籽。我没有帮他赶走那只蚊子。

"史蒂芬,或许你该为这事痛哭流涕,"我说,"或许好好发泄一下会让你感觉好些。"我戏剧化地抽泣了几声,他变得面无血色。

"好吧,你个渣滓!我要走了,"他的声音因为愤怒而嘶哑,"旅途很愉快。很高兴了解到你依旧是他妈的混球,马提。我们下回接着玩,蠢货!"

他背上旅行袋,火烧火燎地跑向机场。他的小脑袋瓜搭配那双咯吱作响的鞋,就像是一只迷路的小鸭子大发雷霆。过去的那种满足感再次席卷而来。我快步追上史蒂芬,从他肩头扯下那只旅行袋。当他转身的时候,我紧紧拥抱他,吻他的眉毛。

"你他妈离我远点!"他说。

"这是谁在发火呀?"我说,"这个怒火中烧的小家伙是谁呀?"

"是我,而你他妈是彻头彻尾的混蛋!"他说。

"对啊。真见鬼,是吧?来吧,上车。"

"把我的包还我,"他说,"我要走了。"

"莫名其妙嘛!"我偷笑着说。我走到车边,把椅子往前推,好将史蒂芬塞进后车厢。当史蒂芬发现还有别人在时,停止了抢夺旅行袋，不再威胁说要回去。我向乔治介绍了史蒂芬。接着我弟弟就上了车，我们出发上路。

"这是外公的枪，对吗？"史蒂芬问。我的枪架上挂着多年前从外公家拿的一把点300韦瑟比马格南步枪。那是把漂亮的枪，闪着蓝光的枪筒，虎皮纹枫木质地的枪托。

"对。"我说，准备辩解为什么没把枪给史蒂芬，因为十五年来他可能都没开过一枪。说实话，史蒂芬比我更有资格拥有它。孩提时代，我们经常和外公一起打猎，而史蒂芬，不用费多少心力，就一直是更耐心的追踪者和更精准的射手。但史蒂芬没有对猎枪的事多做追究。

"嘿，顺便说一句，"他拿腔拿调地说，"费用一共是八八零。"

"什么费用？"我问。

"八百八十美元，"史蒂芬说，"这是机票钱，再加上给碧翠丝找保姆的费用。"

"你女儿？"乔治问。

"我的狗。"史蒂芬答。

"乔治，"我说，"这条狗连肯尼迪遇刺当天自己在哪儿都记得。史蒂芬，你还给它做肠道清洗吗？算了，还是别让我知道。我可不想让脑子里出现那个场面。"

"把钱给我。"史蒂芬说。

"别为这事纠缠不清嘛,史蒂芬。你会拿到钱的。"

"行啊!什么时候?"

"真他妈见鬼了!我会给你钱的,史蒂芬,"我说,"只是这当口上,我他妈不巧正在驾驶着一辆汽车呢!"

"当然啦,"史蒂芬说,"我不过是想说,要是我空着双手回去,也不会觉得意外。"

"噢,我的天啊!"我咆哮道,"能拜托你闭嘴吗?你想怎样,拿点抵押?要我把手表押你那儿吗?"我稍微摇了摇方向盘,"或者我他妈就把这车撞到树上去!你大概就开心了吧?"

乔治呼哧呼哧大笑起来:"你们两个干吗不停车,然后按老规矩打上一架?"

我满脸通红。居然中了圈套,在乔治面前展现这么白痴的一面……我对史蒂芬的厌恶当场遭了报应。"我很抱歉,乔治。"我说。

"算了。"史蒂芬说。

"哦,不行,史蒂夫,我这就跟你清账,"我说,"乔治,我的支票本在手套箱里。"

乔治拿出支票本,我垫着方向盘开了支票然后递给我兄弟,他把支票折好放进口袋。"乌拉!"乔治说,"和平年代!"

赢了支票战争，史蒂芬开始用轻松愉快的话题纠缠乔治。你在这里住了很久吗？有十年了？噢，真是太棒了，这真是个养老的好地方啊！你还是在这里长大的？不用像我们一样在毫无精气神的远郊长大，实在是好啊！乔治在锡拉丘兹读过书？那你听说过在那里教书的音乐传记作家尼尔斯·奥特拉德吗？嗯，他关于格什温的著作……

"嘿，史蒂芬，"我插嘴道，"你还没评价一下我的新卡车呢。"

"值多少？"

"我从没买过这么好的车，"我说，"V8发动机，五升排量，载重三吨半，拖带一个车厢，四轮驱动，可达最高载重。一下雪，它就物有所值了。"

"你真的不回查尔斯顿了吗？"他问。

"可能不回了。"我说。身后传来史蒂芬打开我保温箱的声音，然后是啤酒罐被打开的一声脆响。

"给我来一罐吧？"我说。

"收到！"乔治答。

"在你开车的时候？"史蒂芬问。

"是啊，在我他妈开车的时候！"我说。

"别对我大呼小叫。"史蒂芬说。

"我没大呼小叫,"我说,"不过是想来罐自己的啤酒。"

"苍天啊!"乔治说,他转过身,伸手到保温箱里抓出两罐啤酒,把其中一罐扔到我大腿上,"这下大家都满意了吧?"

"满意。"我答。

一分钟后,史蒂芬开口了:"这么说,你和阿曼达,真的玩完了?"

"完了。"

"咳,哎呀!"史蒂芬说,"我原以为你对她用情至深呢。"

史蒂芬从没掩饰过自己对我未婚妻的讨厌。她是按时去教堂的人,成长于一个保守的家庭,他们上一次见面的时候为伊拉克战争争执不休。一顿晚饭下来,史蒂芬已经诱使她承认自己乐意见到中东地区被夷为平地。他还问她,这种手段又如何能与"切不可杀戮"[①]相符? 阿曼达告诉他:"切不可杀戮"出自《旧约》,所以不算数。

在后视镜里,我发现史蒂芬正带着怜悯和期待打量我,等着我提供更多分手的细节,口水都快流出来了。

我从仪表盘上拿过一罐瓜子,朝嘴巴里撒了一大把,用牙齿咬开后将瓜子壳吐到窗外。

---

① 出自《圣经·旧约·出埃及记》20:12,为摩西十诫之一。

"和你实话实说吧,"我说,"我觉得要是买车不带拖车,就是那人脑子进水了。"

在一片静默中,我们驶过模糊不明的乡村景致,驶下狭窄的岔道,来到一条坑坑洼洼又积水的消防小道上,目前它已被我和乔治征用为私家车道。高高的野草竖在车辙间的泥泞中,擦过车底的声音就像在下雨夹雪。经过乔治家漂亮的雪松木小屋后,我将车换到四轮驱动状态,道奇突然加速,咆哮着向山上进发。

我的房子映入眼帘,我等着史蒂芬就乔治的创作大肆挖苦,但他一言不发地接受了这个地方。

乔治走到树林里方便。我抓起史蒂芬的袋子领他进屋。尽管这房子的外部已经完全进入洛可可风格后期,但内部依旧家徒四壁。史蒂芬四下打量着这间木屋。我弟弟一站在这里,这地方的污秽让我自己都感到震惊。地板还是积满灰尘的胶合板,我还没把护墙板钉好。石膏厚纸板铺到离地四英尺的地方,粉红色的绝缘层在半透明的塑料聚乙烯薄膜后面,像被尸检的病人。我睡的床垫歪歪斜斜地摆在房间中央。

"今年写圣诞贺卡的时候,请随意添油加醋。"我告诉他。

他走到窗边,凝视着掉光了叶子的细瘦树木一直蔓延到山谷底部。随即,他转过身来看着床垫。"我睡哪里?"他问。

我朝卷在角落的睡袋点头示意。

"你没说我们要露营?"

"是啊,哎,如果这对你来说无法忍受,我可以开车送你回移动木屋。"

"当然不用。这地方好极了。真的。我还以为是那种带着成排按摩浴缸和四车车库的度假小屋呢。这很好。简洁明了。"

我用靴子的脚背将一团锯木屑拢到墙角,一块银色的焊料从脚背上掉下来。这玩意儿很贵,我将它拣出来放进口袋。

"下次你再来,我会脱个精光,只穿个木桶,"我说,"那时你会为我骄傲得不行。"

"别,千万别。那种场面会让我起杀心,"他说,抬起手来,在一条光滑的原木椽子上摩挲着,"我是说,真他妈的,我下个月就四十了。我租的两房公寓连浴缸都没有。"

"还是那房子?"

"是啊。"他说。

"你开玩笑吧!"我说,"当时你在看的公寓房呢?"

"唉,是啊,但后来一切都搭上了次贷危机,"史蒂芬说,"只是……我不知道,我不想被骗。"

"见鬼,兄弟,你该给我打电话。那地方还在出售吗?"

"不了。"

"但是钱呢,你一分一分攒起来的钱呢?你还有钱付首期的吧？"

他点了点头。

"听着，一回到俄勒冈，我们就着手给你找。四处看看，把文件寄给我，我来帮你搞定一切。我们会让你走上正轨的。"

史蒂芬戒备地看了我一眼，好像我给了他一罐汽水，而他不确定我有没有朝里面吐口水。

我想在天黑前把门廊完工，于是建议道，在我和乔治钉木头的时候史蒂芬到山顶去喝一杯，我在那里装了张吊床。史蒂芬却说，其实挥舞一两个小时的榔头会很有意思。于是我们把木材从车里搬下来，他和乔治就忙活起来。我待在屋里，往护墙板抹上厚厚一层褐色明威着色漆。每次我探头往门外看的时候，史蒂芬都在蓄意破坏我的木材。每敲三根钉子他都要敲弯一根，然后用锤子另一头挖着木头，想要矫正自己的错误。水可能积在那些凹洞里，烂掉木头。但他似乎很是乐在其中，所以我就没和他计较。透过紧闭的窗户，我能听见乔治和史蒂芬一边忙活，一边有说有笑。在这里住了几个月，我已经学会了忍耐长时间的寂静，甚至，都有些享受这寂静，但听着自家门廊上传来说话声，我还是觉得心里暖洋洋的，尽管在我脑海深处，我怀疑他们是在嘲笑我。

直到夜幕降临，乔治和史蒂芬才将所有木材钉好。等他们完工后，我们向一片小小的池塘进发，那是我截住屋后的一处泉水后蓄起来的。我们脱掉衣服，走进水塘，每个人都喘着气投向池水那令人振奋的黑暗。"噢，噢，噢，天啊，感觉好极了。"史蒂芬的声音透着那种肉体的满足，让我都可怜起他来。但这感觉真是舒适宜人，水天一色，连成一片黑暗，我们一直泡到和死尸一样失去知觉才起身。

回到屋里，我炒了大约一加仑蘑菇酸奶牛肉丝，按乔治喜欢的方式调了味，盐多得能让你流眼泪。多谢湾流的好意，我们将迎来好几个温暖的夜晚，我们在新完工的门廊上吃晚饭。一顿饭下来，我们干掉两瓶葡萄酒和四瓶半杜松子酒。当我们开始用加了白兰地的咖啡搭配乔治从他住处带来的蓝莓馅饼时，门廊上已是一片祥和气氛。

"瞧瞧这个，"史蒂芬说着重重跺了跺刚固定好的一块木板，"去他妈的，有些病人我已经和他们共事十年，我为他们做了什么呢？我不知道。但花两个小时敲钉子，你就有立足之处了，朋友。这就是我该做的事。来这里，住在他妈的一座山上。"

"事实上，我很高兴你谈到这个话题，"我说，"你那点棺材本有多少？"

他忸怩地耸了耸肩。

"有多少，有没有两万五？"

"我猜有。"他答。

"问你是有原因的，瞧，去弄清楚，"我说，"有个提议给你。"

"好啊。"

"我是说，听着，你觉得这世上有多少像我们这样的人，像我这样的人？大概估计一下。"

"你什么意思，'像我们这样的人'？"

于是我开始一个字一个字地向他解释最近想到的一个点子，在一顿胡吃海喝之后，在我对土地、群星和水塘里牛蛙的喜爱正达顶点的时候，这点子看来更加大有可为。我想起那些悲伤的、大腹便便的人，每晚在斯波坎到查塔努加那些铺着地毯的公寓里踱步，为他们流失的资产心急如焚。这就是我要接触的绅士们。计划很简单。我要在男性杂志的封底为一处一英亩的地产做广告，盖几间供投资的小木屋，我自己处理租约问题，再盖一个靶场，几条机动雪橇轨道，或许还要在山顶盖个小酒吧。他们会蜂拥而至，漫山遍野的合伙人，为我带来几百万的收入，不费吹灰之力！

"我不知道。"史蒂芬说，帮自己又倒了满满一杯白兰地。

"你有什么不明白的啊？"我问他，"有那两万五千块，我和你得到平均分成。所有别的投资者都得投五万。"

"什么别的投资者?"史蒂芬问。

"雷·罗顿,"我瞎扯道,"罗顿、艾德·海斯还有丹·维尔什。我的意思是,我同意让你合伙,就算只有那两万五千块。如果你能把那两万五千块钱投进来,我让你获得收益均分的待遇。"

"不行,好吧,听起来很不错,"史蒂芬说,"只是我得小心对待那笔钱。那是我的全部积蓄和全副身家。"

"行了,去他妈的,史蒂芬。我很抱歉,但有些事我要跟你说清楚。我赚钱。我就是干这个的,"我说,"我买进一块地,投一小笔钱,接着我把它变成许多许多钱。你听明白了吗?我就是干这个的,而且很擅长。我所要求的,只不过是把你那两万五千块钱捂上一阵子,而你获得的回报能真真切切地改变你的人生。"

"不能这么做。"他说。

"行,也好,史蒂芬,那你能做什么呢?你能投一万吗?投一万,收益平分。你能投一万吗?"

"听着,马修……"

"五千?三千?两千呢?"

"听着……"

"八百如何,史蒂芬,或者两百?两百块你能负担吗,还是会搞垮银行啊?"

"两百块可行,"他说,"我就这样入伙。"

"去你妈的!"我说。

"马修,拜托,"乔治说,"淡定!"

"我很淡定。"我说。

"不,你混透了,"乔治说,"还有,无论如何,你的度假牧场那套玩意儿不值一提。没前途。"

"为什么没有?"

"首先,政府不会让你在分水岭地区盖这个。要有十英亩缓冲区……"

"我已经和他们谈及改变的可能,"我说,"可能变更为……"

"还有,我搬回这里不是为了和一帮混球生活在一起。"

"毫无冒犯之意,乔治,但我们讨论的不是你的地产。"

"这我知道,马修,"乔治说,"我要说的是,你要是把这山改头换面再卖给一帮从波士顿来的渣滓,我觉得很有可能,在某个旺季我会喝下太多啤酒,酒上了头,然后我带着几加仑柴油来这里转悠。"

乔治用夸张的恼怒眼神紧盯着我:"不用什么柴油,乔治,一把锤子几根钉就行啦。"我挥手指了指山墙上那些木头工艺品:"只要在某个夜晚偷偷摸过来,用你的钢丝锯来场突袭。把大家的帐篷都锯成布垫子。那就能让他们屁滚尿流跑路啦。"

我大笑起来,不停地笑到胃部肌肉开始酸痛,泪水流到下巴。当我回头看乔治的时候,他的嘴唇紧紧抿着。显然,他对自己的木匠活很是引以为傲。我不知道该做些什么,手里还举着馅饼盘子,于是想都没想就把盘子扔进了树林。随之而来的破碎声一点都比不上摔瓷器时那种脆响。

"噢,天啊!"我说。

"怎么了?"史蒂芬问。

"没什么,"我说,"我的人生危矣!"说完我走回屋里,躺倒在床垫上,不多久就睡死过去。

三点刚过一会儿,我就醒了,渴得像吃了老鼠药的老鼠似的,但是我却瘫倒在床垫上。我盲目地认为,如果冲到水池边我就彻底睡不成了。我的心怦怦直跳。想起自己在门廊上的所作所为,简直听见了粗壮的绞索晃荡时发出的声音。我想起了阿曼达,还有我的两个前妻。我想起自己的第一辆汽车,由于我在开到十万英里里程时没有按时更换皮带而停止了转动。我想起两天前,玩克里比奇纸牌时输给乔治三十美元。我想起父亲去世后,为了某个不复记忆的原因,我再也不愿意穿内裤,初中时的一天,椅子上一颗冰凉的铆钉让我意识到裤子上破了个洞。我想起所有借我钱的人,以及所有欠我钱的人。我想起史蒂芬和我自己,还有我们至今都没能养育的孩子,找到某个人帮我传宗接代的希望也日渐渺茫。等我们的孩子学会绑鞋带,他的老爸已经五十五岁,面色红润,像在沙漠中迷路的人疯狂对待一只刚找到的橘子那样,贪婪地在他孩子身上汲取纯真和快乐。

我想让太阳升起来,煮咖啡,到树林里找到被乔治当作奖杯的那头公鹿,继续把那些无法由意志控制的意外织成毛毯,这毯子曾紧紧绷在填满懊悔的深坑上,我发现自己在失眠的夜晚几乎一直盯着那些深坑瞧。但是太阳升得好慢。直到破晓时分,那些蒙太奇镜头才慢慢淡去,而背景音乐就是绞索那抚慰人心的声响:咯吱,咯吱,咯吱……

当第一道青紫色的阳光照在东边的窗户上时,我起了床。小屋里的空气满是寒意,史蒂芬不在另一块床垫上。我穿上靴子、牛仔裤和一件大衣,在保温瓶里装上热咖啡,开车驶过四分之一英里前往乔治家。

乔治家的灯亮着。乔治在做仰卧起坐,史蒂芬在橱柜边做华夫饼。真是快乐的一对。咖啡机正呼呼冒着热气,让我觉得自己和这寒酸的保温瓶一道被遗弃了。

"嘿,嘿!"我说。

"他来了!"史蒂芬说。他解释说可以在乔治家的沙发上过夜。他们俩玩双乐棋一直到很晚。他递给我一块华夫饼，一派喜乐慷慨的样子，以多蒂·克拉克的腔调迈向另一场社交浩劫。

"你怎么说，乔治？"老家伙结束锻炼后，我问道，"想去打猎吗？"

他摩挲着壁炉石头上的斑点，说："我想，"他转身朝向史蒂芬，"是要带你弟弟一起去吧？"

"我没枪给他用。"我说。

"有把点30给他用。"乔治说。

"干吗不去？"史蒂芬说。

我们选定的地点是鸽子湖，就在二十英里开外。我们要坐船前往湖岸另一边四季常青的隐蔽处。吃过早饭，我们将乔治的小船拴在我的拖车钩上，然后颠簸着驶进弥漫在路上的白色雾气中。

我们把小船放进水中。我坐在船尾，离我弟弟远远的，我们沿着湖岸，经过绿色沼泽植物和粉色花岗岩的国度，在鲜红的晨光中，岩石就像腌制过的碎牛肉。

乔治将船停在湖边一处泥泞的浅滩上，他说之前曾在那里遇到过好运气。我们把小船拖到岸上，向树林中进发。

我的宿醉带来灾难性后果，觉得沮丧，污秽不堪，有自杀倾向。我无法集中精神，只是挂念幻觉中那张铺着爽滑被单的床，冰镇的气泡矿泉水和苦啤酒。是史蒂芬最先发现了鹿的踪迹，就在一株被发情的公鹿啃出橘色条纹的松树幼苗下。他被自己的发现惊呆了，把鹿的粪便捧在手里呈给乔治看，而乔治贪婪地闻着那些深色卵石状的粪便，那样子我还以为他可能会咬上一口。

"非常新鲜。"史蒂芬说，他从十二年级起就没再打过猎。

"它可能刚绕过了我们，"乔治说，"好眼力，史蒂夫。"

"是啊，我就朝下看了看，就看到了。"史蒂芬说。

乔治动身去附近他知道的另一处栖息地，留下我们两个单独相处。史蒂芬和我坐在相邻的树下，我们的枪横放在大腿上。一只潜鸟在呻吟。松鼠们发出刺耳的尖叫。

"嘿，马提，"史蒂芬说，"我想谈谈昨晚的事。"

"我们别提这事，成吗？"我说，"我已经把它抛在脑后了。"

"不，我是认真的。你说的那事，关于我在这里投资的事。或许我该考虑考虑。"

"我不知道。"

"我的意思是，未必得是那种成年人露营地啥的，而是买上一小块地皮。乔治告诉我说，他卖给你的地价是每英亩九十块。"

"这价格很公道。"我说。

"是啊，我很肯定。我的意思是，上帝啊，只要花一千块钱，我就能买十一英亩土地，还能剩下足够的钱盖间小屋。"

"是啊，但你能做些什么呢？你的工作怎么办？"

"你在这里都做些什么？我可以打猎。砍柴火。用双手劳作。平息意志与身体间的矛盾，你知道吗？我真他妈太累了，马提。二十年来我都在咬牙坚持。我拼死拼活地干，但我得到了些什么？几周前我在电脑上填写约会资料，他们有一个问题这样问：'要是让你成为一种动物，你想当什么？'我写道：'一只想强奸玻璃弹珠的大黄蜂。'这是实话。日复一日围着那该死的玩意儿忙碌，而它永远都不会回应。毫无意义。"

"你帮助过的那些人或许并不这样想。"我说。

"我说的不是那些疗程，"史蒂芬说，"那工作谁都能胜任，熟能生巧。我说的是作曲。那是我毕生的事业，马提。我不出门，不见人，我坐在那间狗屎一样的公寓里写啊写，要是我在过去这二十年里吸食海洛因，结果也是一样，唯一的不同是我会有更多的经验。"

"你只需建立一些人脉，"我说，"搬到洛杉矶或是什么地方去。你不会喜欢这里的。"

"我会的，"他说，"我已经喜欢上了。你知道我已经多久没有离开钢琴一整天？什么也不做，只是和别人一起相处，真正地活着，真正地活在当下？"

我抬起一边屁股，放走一个绵长而低声的屁。

"真令人沉醉，"史蒂芬说，"请继续。"

又过了片刻。

"我是说，见鬼，史蒂芬，"我说，"假设你真想在这里投资，单说一样吧，光建筑材料就……"

"等等，住嘴。"他轻声说着，侧过一边耳朵。他手忙脚乱地摆弄着来复枪，等他终于成功将子弹上膛后，他将枪举过肩头，朝空地另一头瞄准。

"那里什么都没有。"我说。

他开了枪，然后冲进灌木丛。我没有跟他过去。我的脑袋简直要了我的命，要是我的小兄弟头天出门打猎就能将一头鹿纳入囊中，我可没兴趣在这场胜利中担任配角。枪声把乔治召了过来。他慢步跑向开阔处的时候，乔治正从灌木丛里出来。

"打中什么没有，小兄弟？"乔治问他。

"我猜没有。"史蒂芬回答。

"起码你瞧到一眼，"乔治说，"下次吧。"他一句话都没和我说，就回到他的岗位上去了。

正午时分，乔治空手而归。我们回到船上，轻轻漂过湖面。雾气已经散去，没有任何猎物的踪迹。日间的景色美得让你神魂颠倒。燕子在平静无波的绿色湖面上嬉闹，白桦在深色的常青树间像灯丝般闪烁着微光。没有飞机破坏天空的宁静。这一切让我昏昏欲睡，然而我无法在这片触手可及的美景中获得任何宽慰，它们会永垂不朽，不管你是否在聆听。

乔治带我们到另一处湖边的浅滩，我们在那里等了三小时，等一些适宜食用的动物出现然后撞到枪口上，但一无所获。当我们脚步沉重地回到拴着小船的三角洲时，太阳开始西沉。我朝湖岸扫了一眼，看到某个东西，一开始还以为是块浮木，但它却在我的凝视下渐渐显现出锯齿状的驼鹿角轮廓。它逆风站在浅水区，弯下脖子喝水。起码在三百码开外，要百分之百瞄准不太可能，但我还是举起了步枪。"该死的，马修，不要！"乔治说。

我开了两枪。枪响的时候驼鹿的前蹄跟跄了一下，转瞬之间，我看见它的脑袋猛地一震，似乎受了枪声的惊吓。那头驼鹿挣扎着想要站起身但再次摔倒。这种挣扎就像一个垂暮的老人想要搭起一座沉重的帐篷。它努力站起来，然后摔倒，再努力站起来，再摔倒，接着它放弃了挣扎。

我们瞠目结舌地盯着这头倒地的动物。最后，乔治向我转过身来。"这一枪，"他说，"绝对算得上我见识过的最准的枪法！"

驼鹿倒在一尺深的冰水中，要将它拖到结实的地面上才能处理。史蒂芬和我蹚水来到驼鹿躺倒的地方，我们必须俯身泡在水里才能将绳子绕过它的前胸。绳子另一头绕过湖边的一棵树后系在船尾，那树暂时充当滑轮。乔治发动小船外侧的发动机，史蒂芬和我站在齐小腿深的水里，用力拉着绳子。等我们把驼鹿弄上岸的时候，我们的手掌满是褶皱，被磨得粗糙不堪，靴子里全是水。

我用乔治的猎刀割开驼鹿的喉咙放血，然后自胸腔到下巴划一条口子，露出食道和满是皱纹的苍白气管。那味道无与伦比。让我想起小时候，整个夏天都会围绕在我妈妈身侧的那股神秘的海水味。

乔治欣喜若狂，我误打误撞的一枪居然让我们有了六个月的肉食，这让他头晕目眩。我昨晚的冒犯似乎得到了谅解。他从我手里拿过刀，小心地割开驼鹿的肚子，避免割破肠道和胃。他拿出器官，扔掉肺、肝和胰腺。最奇怪的部分是处理兽皮，费尽九牛二虎之力才能剥除。为了将它剥下来，我和史蒂芬不得不轮流踩着鹿的脊椎骨扯那鹿皮，而乔治则负责砍断连接组织。我看见史蒂芬不时显出快要呕吐的样子，但他想参与后续工作，我为此感到骄傲。他拿出小锯子切下一块肩肘。我们必须像抬棺人一样拎起鹿蹄将它搬到船上去。鲜血从肉块中流出来，滴落在我衬衫上，带着瘆人的、充满活力的热度。

猎物的重量让小船吃水更深，作为船员中最结实的一个，我坐在船尾，这样船头就不会进水。史蒂芬坐在我对面的木板上，我们几乎促膝而坐。小船晃晃悠悠地出发，螺旋桨喷出强有力的蓝色水汽。驶出浅滩后，我打开节流阀，小船破浪前行。我们轻巧地掠过水面，此时西边的落日正触碰到深色的树梢。船舵粗糙的橡胶把手在我掌心隆隆作响。风吹干了我脸颊上的血水，将史蒂芬稀疏的头发吹得乱七八糟。当猎物的遗骸在我们身后远去，我感觉自己也摆脱了史蒂芬到来之后一直困扰我的阴郁。乔治的友善，屠宰时的艰辛，我酸软无力的四肢，还有射出不可思议的精准一击后的那种满足，这一枪能让我的朋友和自己填饱肚子，直到积雪融化，这感觉无与伦比。我感到自己所有的烂摊子都被安安稳稳地收拾干净，就像一块防水布顺畅地铺满整个游泳池。

史蒂芬也有相同的感受，或者有所感触。孩提时代就熟悉的那种毫无防备的笑容照亮了他郁郁寡欢的脸，弯曲的嘴唇间露出整齐的牙齿，在家庭合影中，我总被这笑容衬得严酷而卑劣。当他停止清算对我的憎恨，当他不再为没能像约翰·泰许[①]那样声名鹊起而自怨自艾，当他这样看着我时，我无法试着去形容自己对这个兄弟依旧怀有的爱意。我们之间的兄弟情谊不是我所奢望的、别人拥有的那种，但我们却有幸拥有一个简单的天赋：在弥足珍贵的幸福时刻，我们能和互相憎恨时一样，全情投入、执著一念地分享快乐。当我们在幽暗的湖面上飞速掠过，我能看见自

[①] 美国著名音乐家，擅长钢琴。

己的怡然自得让他多么高兴。他的快乐在我的面容上放大，然后投射回他的脸庞。没有人说话。这就是我们之间的爱，或者说爱所能尽到的力。我驾船绕着湖滩周围的地峡兜一个大圈子，让尾波将我们推过洼地然后靠岸，我结实的蓝色卡车就等在那儿。

我们把猎物装上车，擦干净小船，开车回到山里。抵达我的住处时刚过了晚饭时间。我们饥肠辘辘。

我问乔治和史蒂芬是否愿意在我烤肉片的时候就动手切割鹿肉。乔治说当然可以，但不管要他干什么工作，都必须先让他在干燥的椅子上坐一会儿，喝上两罐啤酒。他和史蒂芬坐下来喝酒，我回到车厢，里面几乎堆满了鹿肉。在里面摸索着做事糟糕透了，但我终于找到了短肋骨，然后砍下腰部的嫩肉，那块细长的鲜肉看来就像剥了皮的王蛇。

我举高给乔治看。

他举起啤酒罐向我致意。"真是一块很好很好的肉啊！"他说。

我将鹿后腰拿到门廊上，切成两英寸厚的肉片，然后拍上食用盐和粗胡椒。我点着了木炭，而乔治和史蒂芬在车前灯照耀下的胶合板锯木架上处理鹿肉。

当木炭变成灰色时，我将肉片放到烤架上。十分钟后，它们的中央部分依旧是漂亮的粉红色。我把它们和黄色的米饭一起装盆，然后开了一瓶珍藏已久的勃艮底葡萄酒，倒上三杯。当我准备叫他们回门廊的时候，我发现有什么事情让乔治停止了劳动。他的脸扭曲成一脸怪相。他嗅着自己的袖子，然后是刀，接着是面前的肉。他畏缩了，再次谨慎地吸了口气，接着猛然后退。"噢，天啊，变质了！"他说。他火烧火燎地走到卡车边，跳上后挡板，将我们的猎物一块块举到面前。"狗娘养的，"他说，"变质了，全部变质。被污染了。是渗进肉里的什么东西。"

我走过去，闻了闻他刚才在处理的一块大腿肉，他说的是真的：微微有一点刺鼻的味道，一股泻药的气味正在空气中弥漫，但很微弱，当然不能为了这个丢弃价值上千美金的营养大餐。而且，不管怎么说，我并不知道驼鹿肉闻起来该是什么味。

"只是有点烂了，"我说，"所以才称其为猎物。"

史蒂芬闻着自己的双手："乔治说得对，这肉坏了。见鬼！"

"不可能，"我说，"这玩意儿三小时前还在呼吸呢。它什么问题都没有。"

"它病了，"乔治说，"当你击中它时，这家伙就已经垂死了。"

"胡说！"我回答。

"坏了，我向你打包票。"

"没他妈的可能!"我说,"我们屠宰的时候还好好的。"

乔治从口袋里掏出一块手帕,吐上口水,拼命擦拭着手掌:"现在肯定坏了。过段时间才变质的,我想,但现在已经变质了,我的朋友。真他妈的,看到它站在那儿的样子我就该看出来了!有什么东西让它肿胀,它只是勉强支撑。但它死亡的刹那,感染就失去控制疯狂蔓延。"

史蒂芬看着撒落在锯木架那头的肉,我们三个站在架子这头,然后他大笑起来。

我走到门廊上,朝冒着热气的鹿肉俯下身去。它们闻起来没什么问题。我蹭了蹭抹盐的酥皮,舔掉拇指上的汁水。"这肉一点问题都没有。"我说。我切下一块依旧滴着汁水的粉红色肉块,放进嘴里。史蒂芬还在大笑。

"你他妈是个明星,马提,"他上气不接下气地说,"森林里那么多野兽,你却射杀了一个麻风病人。别碰那狗屎玩意儿。打电话叫危险化学品处理队来吧。"

"这肉真他妈一点问题都没有。"我说。

"毒药。"乔治说。

突然起风了,一根树枝掉进树林。落叶组成的小分队越过我的靴子仓皇出逃,在门边驻扎下来。然后,夜色再次陷入寂静。我重新端起盘子,把叉子放进嘴里。

重要能量的执行者

很晚的时候电话响了,又是我继母。

"你是否会想起那些你没让他们拥有你的人?我真希望能和他们全都重新来过,甚至是相当猥琐的人。甚至糟糕透顶的也行。你在听吗?"

"是的,"我说,"我只是不确定你告诉我这消息有什么目的?"

"噢,算啦,"她说,"我就是感觉自己没人要了。"

我告诉她,很多人觊觎她。"那么,没人当面觊觎我。"她说。

"现在几点?"

"还行,这里好像是三点,所以你那边是两点。我料定你还没睡。"

"我已经睡了,露西。这里是四点。没人这时候还不睡。"

"我没睡,"她说,"你爸爸也没睡,还有很多生命活动的迹象。"

"我这就去睡,"我说,"上楼吧,睡觉去。明天我会在店里,如果你想就打电话给我。"

"我就在这儿说,"她说,"罗杰的情况起伏不定。这星期他每天都叫警察抓我。所以我就一直走啊走,直走到他睡着。我走了太多路,屁股都快完全变样了。"

"你该早点告诉我。"我说。

"我现在不正告诉你吗,"她说,"要是你想看,寄张照片给你。"

我父亲的麻烦大概十年前就开始了,他的记忆从那时起开始受到侵蚀。他越来越频繁地丢失钱包和钥匙。他一再将客户晾在辩护席上,而自己则在大街上晃悠,想要记起哪辆车是自己的。之后他丢了工作。两年前,他差不多忘了我,接着在上个月,他小睡两天后醒来,无法认出我的继母。他叫来警察,她不得不出示两种身份证明,才没有因非法侵入自己的家而被捕。

对于该做些什么,没人有确切答案。我们找过有看护设施的房子(为老年人设置的一种护理方式,它尽量让老人独立生活,但是也有日常护理的一些元素),但如果你不想要常常意味着脏乱和虐待的疯人院,就得在候选名单里等上十年。除了照顾我父亲之外,露西没有工作。她靠他的积蓄维持生计。我父亲只有六十岁,身体在其他方面都很健康。他起码还能再活上二十年,不断消耗金钱和担忧。

窗外传来女人尖叫的声音。那天是周四,街口那家女同性恋酒吧的舞会夜。结束之后,她们照常会逗留片刻,在我住处的西墙上痛殴对方。她们会按时伤透彼此的心,永远都在黎明时分,在天色显现深青色的那半小时内。有时,我会朝窗外张望,为帮助她们而朝她们吼叫。这样她们就能为针对我而再次和好,同仇敌忾。但我关上窗,回到床上。

"瞧,"露西在说,"我觉得我该在二十号带他去你那里。医生说去纽约并且看望你可能对他有好处。或许能唤起一些被他忘掉的记忆。"

我听见床上方的铁皮天花板里传来老鼠摩擦爪子的声音。"拜托请不要来,露西。我有件事要做。而且不管怎样,他甚至都不记得我的名字。"

"他当然记得,"她说,"他一直问起你来。"

"这不可能是真的。"

"是真的。他确实问起过。就在昨天。他喝啤酒的时候太快,接着你就能听见他打嗝:咕,咕,咕……"她没有笑,我也一样。

"拜托,别他妈把他带到这里来,"我说,"这不是好主意。"

"温柔点。"露西说,说完挂了电话。

父亲和露西结婚的时候,我十岁,他四十六岁。露西当时二十一岁,是父亲律师事务所的秘书,她原本打算演艺事业一上轨道就辞了那份工作。她的长相美得足够进演艺圈。她是那种大眼扑闪、满脸渴求的美丽,日本漫画家围绕这种美色建立起了淫荡的宗教信仰。当我还是孩子、嘴巴上还没长毛的时候,曾苦苦迷恋她,而且傻气地坚信,父亲只是暂时和她在一起,他计划在某天将她转送给我。具体步骤并不完全清楚,但我预感会是在我十六岁生日那会儿,他将带我去沙漠,俯瞰着落日宣布他将把露西给我,以及他的野马跑车,还有几瓶许利兹啤酒,或许再加上一盘磁带,上面只有鲍勃·赛格和银子弹乐队的夜间音乐。

他们有过三年的蜜月期,后来露西遇见一个和她年龄相仿的男人,他给电视广告作曲,露西跟他去了魁北克。我父亲被自己的哀恸震惊了:年届五十,两鬓银发丛生,却发现自己有生以来第一次心碎。那段时间他竭力想成为我的朋友。周末我和他过,他会告诉我爱情就像水痘,你该早点经历,因为晚几年的话它真有可能会要了你的命。他会向我敞开一两个小时的心扉,然后他会让我和他下棋,一礼拜下二十到三十盘棋,而我每次都输。

只有一次我差点就能赢他。他喝了几杯鸡尾酒,又走错棋,把他的皇后送到我的马跟前。我吃掉那只棋，他扇了我一嘴巴。我跑进卫生间，又揍了自己几下确保留下长久不褪的瘀痕。当我出去的时候，他没有道歉，没有真正道歉。但他说，只要我不告诉妈妈这件事情，他会给我想要的一切。我说要一台电脑、一把二氧化碳气枪，父亲在一张有他公司抬头的信纸上起草了一份协议，我签上名。我们当天就买了枪。我用那枪打中一只漂亮的柠黄色小鸟，一击即中，后来把它埋在了我母亲家的草坪里。后来我又击中一只鸽子和一只山雀，然后就把枪给了住在隔壁的孩子。

在加拿大住了四个月后，露西回来了。父亲虽再次接纳她，却没有原谅她，后来接连不断地背叛她好几次，深信这是他为他们彼此该做的。父亲将露西安放在类似都铎王朝遗风的牢笼中，那里所有的阳光都不足以维持一只太阳能计算器。露西变得抑郁。她责怪自己的身体，开始用饥饿节食和铁人三项赛惩罚自己。仰仗她的养生法，她成为一种新物种，狐猴的脑袋长在跳羚的身体上。当迟到的暗疮布满她的脸颊，她又以自杀相威胁，说服她的治疗专家给她开出一些烈性药处方。那些药片治好了她的粉刺，却使她脸上的皮肤开裂，从脸颊直到发际线都布满暗红色的小细纹。她必须抹上好多的乳霜和药膏，看起来好像她流的汗都是锂质油脂。就在那段时间，我停止了对露西的念想，还有与此相关的跑车、密室、小巷和不会被人发现的小树林。

我二十多岁的时候，父亲的记忆开始消退。一开始，我还以为他不记得我住哪里、我已经大学毕业，不过是源自他内心深处对我带着攻击性的漠然，他一向如此待我。但结果却发展成十几个优秀的神经科医生都无法弄明白的毛病。不是老年痴呆或者任何已知的痴呆症，只是他的记忆仓库出现了迅速扩大的裂口，一开始丢失的是短期记忆，接着过去的记忆也付诸东流。第一阶段的三年中，他无法记起你在一小时前告诉他的事情。无法工作，无法从光顾了一辈子的杂货店找到回家的路。但在记忆深层或者起码是中层，他没有丧失所有的回想能力。几年前，我向妈妈提及他曾在棋盘边扇我耳光，那时他已经不记得我的名字。然而只过了几星期，我就收到一封邮件，里面是我们那张合约的复印件，还有一张一千二百美金的账单：要求退还电脑和气枪，我父亲还留着它们的收据。

在大学，我学的是物理、机械和工业设计。我以为自己会造飞机，但毕业后我给艾默生公司画收音机闹钟的草图。艾默生不遗余力地强调说不上名字的圆形和乏味的曲线，好像目的就是为了让闹钟悄无声息地擦过顾客的眼睛，如同为你的眼睛设计油滑的药丸。这活做了六年后，我出来单干。可以说我有一项真正的成功，那机器能融化多余的塑料购物袋，然后将提炼后的塑料倒入模具内（做成高尔夫球座、便携式梳子、自行车轮胎起子等）。这套设备在一家主流杂志列出的"绝妙环保礼物"排行榜中位居前茅，这之后很多机舱购物目录和电视购物频道都看上了它。我并没有因此腰缠万贯，但也无债无忧。我在西村有间单室套的公寓，这让别人在上楼一窥庐山真面目之前都觉得很了不起。这房子就是废料堆起的毛坯房，当大楼中别的房间都被拆分成得体的居住空间时，所有剩余的裂缝和凹洞都归拢在这两百英尺空间内。

父亲和露西要来的那天，我已经在康涅狄格州韦斯特波特的服务业展览会上预订了一个展位，要去那里推广一种被我称为"速冰咖啡机"的设备，简单来说它就是一种商用咖啡储存器，底部有铜质的热能转换线圈，所以你可以现煮一壶热茶并将它立即倒进玻璃杯，也不会让冰块融化。我原本希望能以十万美元左右卖出这个专利，然后赶往海湾，往我内心的空洞里塞一艘浮筒船和一个大胸脯的陌生人。但一整天的时间里，我都在不停地将冰冻的伯爵茶倒进玻璃杯里递给那些裤子上打着褶子的男人，他们的一只手总是插在裤兜里，所以我都没办法迅速将名片塞进他们的手掌。

在展会之后的招待会上，我试着在露天酒吧把展位的费用赚回来。我走进舞池,接近一个年轻女子。

"我们去看看月亮吧。"我说。

"现在是下午三点。"她说。

我步行走回火车站。空气中是秋天的第一阵凛冽寒风。我感觉着它带来的疼痛,膝头放着我的"速冰咖啡机",轰隆隆向市区进发。

我收到一条露西的留言,告诉我在华盛顿广场公园碰面,我父亲在那里看下棋。我搭地铁到艾斯特坊,心里有一种越来越恐惧的感觉。我已有十五个月没见过他。我想象他坐在栏杆上,在渐渐升起的暮色中,伸长脚子瞧着滑直排滑轮的人、毒品贩子和吉他手们,就像瑞普·凡·温克尔①下山时那样,头发蓬乱,或许,身上还散发着尿片味。

但我发现父亲坐在桌边,看来气色不错,尤其是和他的伙伴相比,那是一个肥胖的国际象棋赌手,脸色呈石板瓦那种灰绿。父亲的头发修剪得当,紧贴着他高高的前额。他穿着一件干净的白衬衫,大衣里系着暗红色领带,那是件我以前从未见过的

---

① 出自华盛顿·欧文的著名同名短篇小说,主人公温克尔想要逃避浮华现实,寻求心灵的平静,于是寄居深谷,等到他出山时,世界已经大变。

大衣：及膝长，浅黄色山羊皮质地，领子镶黑色毛皮，一件专为蛮荒西部的皇帝准备的大衣。我没有径直走向他。我在离他十码远的地方站定，注视他下棋。隔着这段距离，你看不出他有任何问题，只不过他正处于劣势，他的国王在底线上被两只象和一只马堵得动弹不得。接着我父亲举手投降，对那个赌棋人说了些什么。他俩大声笑了很久，就像多年老友，而我则很高兴。对陌生人的喜爱，对他们的无所畏惧，向来都是我父亲的天赋之一。作为发掘偶遇契机的行家里手，要是有人飞到他身边着陆，他会试着说白鹦鹉的语言。他和那人握手，然后两人重新开始将棋子摆好。我在棋局开始前向他走去。"爸爸。"就在喊出这一声的时候，我暗自希望自己曾允许他扮演这个角色。喜色从他脸上褪去，眼神因怀疑而迷蒙。他微微瑟缩了一下，好像认定我不是儿子，而是某个已被忘却的人，穿越他的过去来朝他砸东西。

"爸爸，是我，波尔特。"我告诉他。

他拿手指碰了碰耳朵。"听不见。"他说。

"我是波尔特，"我说，"你儿子。"

这消息为他带来熟悉的肌肉抽搐，当他感觉困惑时就会这样颤抖着吸气。他紧抿嘴唇时，下巴的动作给人造成一种错觉，好像他缺了整排牙齿。

"对，对，很高兴见到你。"他说。他伸出手来，用手指拂着我的肚子，仿佛要确定我不是个鬼魂。接着他紧张地扫了一眼赌棋人，就好像在所有事情中，我父亲最在意的就是不能让这个陌生人知晓他记忆衰退的秘密。

"这是波尔特，这是韦德。"我父亲粗声粗气地说，指着那个大块头，而他正在用脏兮兮的指甲挠着颈脖上乱蓬蓬的头发。

"叫我德韦恩。"那人说。我和他握了握手，尽管天气寒冷，但他的手却散发着高烧一般的暖意。他微笑时，门牙斜着缺了一块，像台小型裁切机。

"韦德是棋盘上的杀手，"我父亲说，"一个致命的战术家。但是你瞧着吧，波尔特，我要从这场屠杀中绝地反击，取得胜利。"

"你是条鲨鱼，罗杰，"德韦恩说，"我只是条小鱼苗，试着在我力所能及的地方混口饭吃。"

我父亲扫了一眼棋盘，在他面前的是黑棋。"等等，我该拿白棋。"

"不，不，罗杰。上一局你就执白。别以为我忘了。我的记性可好着呢！"

"随你便。开始吧。"

头顶上，暴风雨的青紫色乌云正要开始聚集，但我父亲丝毫不以为意。他躬身投入战局，留给我一个宽厚的山羊皮背影。

我在干涸的喷水池边发现了我继母，她在那儿看几个年轻人拍电影。我将"速冰机"留在父亲脚边，慢步朝她走去。自从上次见过她之后，露西的疲惫和苍老又更上了台阶。看看她，我想到的就是"夫人"二字，这个词概括了她稀疏干枯的头发，她斑斑点点的脸颊，她那些叮当作响的手链和她的唇膏：一种令人触目惊心的珊瑚色，渗进她嘴唇周围的细纹中。她的右眼布满血丝，漫溢着泪水。我们拥抱了一下。她所有的御寒衣物只是一件薄薄的黑色上衣外加一条锦缎披肩，单薄得我都能感觉到她僵硬的手臂上那些鸡皮疙瘩。

"他已经让你在这儿等了多久？"我问她。

"三小时。我觉得他和那个胖子正准备着要去什么地方领证。"

"我们这就走。我去拖他走。"

"没关系。我只是身上发冷。他很开心。让他玩吧。"

我指着她的眼睛："你喝醉了吗，露丝？还是半醉？"

"我排球队里的大个子伊朗女人干的，把她的手指戳进了我眼睛。现在看东西重影。"

我说听到这事很遗憾。她耸了耸肩。"啤酒帮得上忙。"她说。

露西的视线又飘回到那个正在拍摄的电影摄制小组上。这部电影琢磨出一个简单的特效:一个穿着开衫的细瘦年轻人将鸟食粘在他裸露的胸膛上,等着鸽群来袭击他。摄影机都已就位,但鸽群不肯合作。太多免费的种子从他身上掉落,所以鸽子们不愿费神去啄他的皮肤。

一个头发呈耗子棕色、牛仔裤上全是油漆印子的姑娘走了过来。她的衣服上用魔术马克笔写着"制片人"。"你们在我们镜头里,介意闪开点吗?"那姑娘说,看着露西的样子仿佛被她的妆容和闪闪发光的披肩冒犯到了。

"是的,有点。"露西说。

"你说什么?"那姑娘说。

要是我父亲的喊叫声没有从棋桌那边传来,露西和那姑娘可能已经吵起来了。父亲喊得那么大声而急促,我还以为他受到了攻击。

我们向他跑过去,但没什么要紧事。他只是赢了一盘棋。我们走近的时候,他依旧沉浸在幸灾乐祸的狂喜中。"噢,上帝啊,太好了!"他说道,"噢,身为幸存者,这感觉难道不好吗?"

"你确实给我找了不少麻烦,罗杰,"德韦恩说,"现在,再来一局?凑足十局如何?"

但我父亲不准备将此刻的荣光弃之一边。"让高潮见鬼去吧!"

他若有所思地说着,朝桌子俯下身去,"每一天我都要干脆地收拾残局。我是说,上帝,韦德,是什么,是什么让人在赢棋时这么快乐?"

"音乐,"赌棋手说,"艺术修养以及狗屁。现在来第十局?"

暴风雨前的狂风越来越猛烈,我父亲歪着脑袋看一簇簇枫树叶打着旋掉落。他的皮毛衣领在他下巴边颤动。

"你喜欢这件大衣吗?"露西问我,"他在巴尼斯百货的橱窗里看见的。一千八百块。"

我父亲半蹙着眉扫了我们一眼,又回头看向德韦恩。

"费舍尔曾说'国际象棋就是生活'。"我父亲宣布。

德韦恩用舌头舔了舔嘴唇。"费舍尔说过各种各样的话,"他回答,"他还说他的牙缝里生活着微型犹太人。"

"象棋比生活好。在这个世界上,根本没有全身而退这种事,如果你懂我的意思,"我父亲说,"我是说,你可以整晚将我的计时器清零,但当一天结束的时候,你还是有颗断掉的牙齿,你衣领上还是有坨风干的鼻涕,还是有满脑袋的垃圾让你夜不能寐,然而……"

"嘿,混蛋,厚道些!"

开始下雨,夜晚干燥的树叶间传来轻柔的银色雨声。三三两两的观战者纷纷散去。其他的赌棋人恼怒地抬头看了看天,随即收起棋盘,将它们合起来放进装着拉锁的长盒子。

"意大利菜,"我父亲说,"现在我要去吃这个。"

"我们确实有张账单,就在这儿,罗杰。"德韦恩说。

我父亲输了四十美元,但德韦恩看来并不高兴,甚至像由他掏钱买单似的。德韦恩将手伸进雨中,雨滴在他干燥的手上留下深色印记。他摇着头。"下雨是天堂般美好的事,"他说,"而且它从天堂的方向来到我们这里,但它确实要让一个不太美好的混蛋在这林荫大道上待一晚了。"

我父亲朝德韦恩转过头去,用严厉的、父亲般的眼神看着他。

"在我眼里,你看着像是爱吃小牛肉的人,"我父亲说,"上一次有人用一盘热腾腾的美味小牛肉招待你是什么时候?"

"我不记得了。"德韦恩说。

"你跟我走,"我父亲说,"我们帮你搞定一切。"

"罗杰……"露西正要开口。

"啊哦!"我父亲严肃地说。他正低头凝视着自己右脚的鞋子。鞋带松了,他斜眼仰视着我们,似乎对这个他无法做出判断的新问题感到不太确定又有些无计可施。露西毫不犹豫地帮他系好了鞋带,接着她向麦克道戈尔大街走去。"她是个好人,"看着露西的屁股在牛仔裤中扭动,父亲说,"她是你同学吗?"

露西选了一家由深色木头装潢的老式餐厅，穿衬衫的魁梧男人站在吧台边，在镇定人心的曼陀铃音乐中互相扯着嗓子说话。

"这地方你看着行吗，罗？"露西问我父亲。

父亲转向德韦恩，拍了拍他肉鼓鼓的臂膀："怎么说，嗯，韦德？你胃口怎样啊，兄弟？准备好向小牛肉下口了吗？"

"放马过来吧。"德韦恩说。

餐厅老板掂量了一番我们的身价——德韦恩，我那穿着高级西部皮草的父亲，露西和她流泪的眼睛——把我们带到餐厅后面一间黑漆漆的房间。那里仅有的另一桌客人是一对衣冠楚楚的黑人老夫妇，他们周身弥漫着那种刚结束争吵的人才会有的与世隔绝的忏悔气息。

"请来一杯椰香鸡尾酒。"我们还没入座，德韦恩就对餐厅老板说。

"你们的侍应生一会儿就来。"他说。

"椰香鸡尾酒！来两杯。一杯给他，一杯给我。"我父亲说。

"啤酒，"露西说，"最冰的那种。然后再上伏特加。"

餐厅老板沉着张脸走了。我父亲低头看了看我放在椅子中间的"速冰机"。

"这他妈是个什么玩意儿？"他问。

我向他解释了一番。

"你现在做饮料生意?"他问。

"我是个工业设计师。一个发明家。这你是知道的,爸爸。"

他嘟囔道:"读法律。做贡献。"

"我做出了贡献。"我说。他看着我,我语无伦次地说着那是多么了不起的买卖,孜孜不倦为人类生活谋求着便利,还说像遥控钥匙圈、圆珠笔、棉签这些不被注意的小技术远比音乐、书籍和电影更显著地改变了我们的生活。"干我这个行当的人,爸爸,我们都是重要能量的执行者,正是这种能量建立起了国家、信念,从而……"

待应生来了,父亲迫不及待地拿过他的椰香鸡尾酒,随即像吸氧气面具一样狠命吮吸着。

"你要帮我个忙。"露西说。

"帮什么忙?"我问。

"别让他喝第二杯,"她说,"可能是因为药物,我猜。他再也不能多喝了。几个星期前,他在安格斯·巴恩牛排馆喝了三杯葡萄酒,就用手抓菜吃。哦,见鬼!"

露西把手伸进衣服里,撸平一根刺着她肋骨的线头。德韦恩色迷迷地看着她。

"需要帮忙吗?"露西问他。

083

"毫无疑问,"他回答,"你已经在帮我大忙了。"

露西看着我父亲,他坐在椅子上,扭过身看着那对黑人夫妇的餐桌,侍应生正在向他们展示一瓶白葡萄酒。

"看啊,"他说,"我们先来的,而他们已经在点单了。"

"不对,"我说,"是他们先来的。我们也已经点过单了。"

但他似乎没有听见。侍应生给我们的邻桌斟出美味葡萄酒的宏大场面深深吸引住了他。那个男人轻抿一口,略微点了点头。"看啊,他们倒酒给那个黑人品尝,"我父亲一边说,一边带着惊讶,不怀好意地打量那人的举止,好像在看一只松鼠清洗一块饼干,"这难道不稀奇吗?"

这让我瞠目结舌。在很多方面,我父亲都粗鲁、招人烦,但敌视其他人种从来不是他的毛病。在他当律师的那些年,他为自己并非出于世俗原因坚定拥护"人人平等"原则深感自豪,尽管在我看来,他的斗争更多是为了战斗的快乐而非正义。在他的职业生涯中,他喜欢为那些犯下耸人听闻的罪行的人辩护,往往在法庭上帮他们争取到不错的结果。地下城守护者。想要尝尝老人肉的非法闯入者。还有一个男孩,死后因为他在电椅上的糟糕经历而声名远播,他用制动栓杀死了一个女人,任由她的婴儿在乡间公路边爬行。他乐此不疲地向我和妈妈详细叙述"这些家伙"的故事,他们案件的细节,被杀者最后的表情等等,确保他是无所不知的统帅，无论善恶。我还没读完两年级，父亲就已经向我灌输了诸如此类的真理："波尔特，有人将你弄进他车里前，要拼死抵抗。反正，你也可能会死。相信我，在他们在你身上随意发挥前，还是自行了断比较好。"

但他也会接一些比较低调的案子：房屋和雇佣方面的纠纷，工人的赔偿。尽管我总感觉父亲的正义存在廉价和恶意的成分——这让他轻易凌驾于我们其余人之上——但他确实为那些需要钱的人赢了很多钱。或许，我父亲真的通过他的工作为别人谋得了更多的福利，而我永远无法通过我的工作做到。现在，我面前这个快乐的老顽固让我感到沮丧，他任何衰老的迹象都让我沮丧。

说回那对夫妻的餐桌，我们刚进来时就留意到的龃龉似乎再次爆发了。"那地方不叫维兰尼，朱迪斯，"那个男人朝他的伴侣厉声说，"那地方叫维兰德利。我们在那儿沿着河骑自行车，酒店漏水，你吃了绞碎的猪腰肉，然后得了胃疼。维兰德利！会有谁听说过叫维兰尼的小镇啊？"

我父亲摇着头，带着伪装成哀伤的满足。"他们可以穿衣打扮，对吧？"他说，"但他们的举止还不是一样。"

接着他站起身来，我担心他要去那对夫妇桌边以某种方式挑衅他们，但他只是朝卫生间走去。

"他一个人在里面没关系吧?"我问露西。

"他还认得厕所,感谢上帝。"

德韦恩从面包篮里拿了块面包,撕成两半,然后压得扁扁的浸到碟子里的橄榄油中。他咀嚼的时候眼睛盯着露西。

"我认识个人,你得见见他。"他说。

"噢,很好。"露西说。

"你听说过艾瑞斯泰德·方泰诺吗?"德韦恩说,"纽约顶尖的雕塑家。我朋友。我知道他会想为你雕刻一个头像。"

露西吸了口气想说些什么,但她只是让侍应生再来一杯伏特加。

"他是你丈夫?"德韦恩说着,朝卫生间歪了歪脑袋。

"是啊。"露西回答。

"但他的言行举止并不像。"德韦恩说。

"我觉得这根本不关你事。"露西说。

"就让我这么说吧,"德韦恩歪嘴笑着说,"要是我有个像你这么漂亮的人,我会贯彻始终。"

露西闭上眼睛大笑,德韦恩也大笑起来。"我喜欢你,德韦恩,"她说,"来吧,让我们去后面找个僻静处。"她用力摇着桌子,"你觉得这种地方会有'僻静处'吗?"

"露西,请别这样。"我说。我父亲已经从卫生间出来,正朝我们走来。

露西用手遮住半张脸,用受伤的那只眼睛看着德韦恩。"为啥?"她说,"他看着挺擅长那个的。"

"和我说说话,德韦恩。"露西说。面包已经全吃完了,话题都说光了,餐桌边的感觉就像是邮轮上的陌生人,碰巧坐在一起。"你就那样谋生?在公园里赌棋?"

"我猜是,如果你称其为生活的话。"

"那你怎么称呼它呢?"她问他。

"嗯,这游戏是个有利可图的嗜好。在我灵魂深处,我是个音乐家。"

我问德韦恩他演奏什么乐器,他刚要回答,我父亲开始在他椅子里倾身向前,用最高音量清起他的喉咙来,一种愤怒的、引擎加速运转般的声音。"那么,韦德。"我父亲粗声说。

"什么事,罗杰?"

我父亲没有回答。他的嘴唇无声地蠕动着,我意识到他没有什么要说。他只是不想让露西与我和德韦恩搭上话,显然德韦恩是一个特殊的朋友,他不愿与人分享。先不说我父亲长久以来对陌生人的喜爱,他这样投入地偏爱一个赌棋手让我困惑。但另一方面,这或许是因为:或许他知道自己正渐渐远离我和露西。为此他感觉万分羞辱,只能和陌生人坦然相处,因为他们之间没有要遗忘的过去。

我看着父亲,他的嘴巴张开又闭上,肩膀耸起,目光低垂。

"保罗·墨菲,"他终于说,"奥佩拉游戏。黑棋采取菲利道尔防御,对吗?"

"我的朋友,我说不上来。"德韦恩说。

我父亲抿了抿嘴唇,有些沮丧。"侍应生,"他大声喊道,晃着杯子里的冰块,"来这里缓解下旱情。"

"我们就喝到这儿如何,老爸?"

"你舔我屁股如何?"

"波尔特,回答你的问题,我是个号手。"德韦恩说着比画了一番演奏萨克斯管的样子,手指的动作看来很是专业,"我也唱歌。你知道歌手肯尼·罗金斯吗?"

"你和肯尼·罗金斯同台?"露西说。

"欧洲巡演的时候我给肯尼演奏。我和我妻子,我们还为他的团队提供一些和声。见识过所有知名城市,住高档酒店,搭乘著名航班,澳洲航空,维珍航空。我很高兴你提起这个话题。那是我生命中的幸福时光。"

"你还是已婚吗?"她问。

"我的话题到此为止,"德韦恩说,"我开始抑郁了。"

"你过去也唱歌，罗杰，"露西说，"我都忘记你会唱歌了。"

"我唱过吗？"我父亲说。

"是的，你唱，"露西说，"在早上。早上你唱很多歌。"

父亲双手攥着盐瓶，若有所思地用拇指抚摸着格纹玻璃的纹路。"我都唱些什么歌？"他头也不抬地问。

"山姆库克。猫王。几首莱昂纳德·科恩。你《丝绒般的薄雾》唱得很好。"

他看着她，我能看见他眼睛周围的肌肉绷紧了一会儿又放松下来。"你全都记混了。"

露西注视父亲片刻，随即向德韦恩转过头去："你呢，德韦恩？为什么不唱点什么？唱给我听。"

"就在这儿？"

"是的，"露西说，"就在这儿唱给我听。"

于是德韦恩开始哼一些前奏，只是哼唱就已经很见功力，专业浑厚的男中音，他也知道该如何让声音从胸腔深处澎湃而出。邻桌的那对夫妻回头看着他，正准备发飙，但又忍住了，看来不太确定自己该做什么，怀疑德韦恩或许是个职业生涯末期时运不济的名人。然后他开始唱起来，是一些我从未听过的老歌。不管是什么歌，德韦恩都唱得精妙绝伦。美妙的旋律快速划过一道弧线蔓延开来，它贴着歌曲的主旋律徘徊前行，曲调不断拔高。他一次就唱出许多个声音，一个作威作福的美声高手。最前排，是个华而不实、引人注目的男高音，后面是一个迟缓但悦耳的笨蛋在低音部插嘴，还有一个狂躁的女高音在队伍中跑进跑出。

露西此刻的欢愉让人赏心悦目。她的头懒洋洋地靠在肩膀上，露出她脖子上那些美丽的脉络。快乐和娇羞让她的脸变得年轻。我的嗓子像堵了沙，我看见了多年前自己曾觊觎过的那个父亲的妻子。

只有我父亲不曾分享这间房子里的喜悦。惯常的那种肌肉抽搐让他绷紧了下颚。他攥着黄油刀，力气大得指关节都泛白了，我担心他要用它砸碎自己的盘子。但就在那时，德韦恩的精彩表演接近尾声。露西带头鼓掌。德韦恩昆虫般的小眼睛滴溜溜转动着："一般来说，对于这种形式的表演，标准捐款数额是五美元。"

露西笑了："我会给你五块钱的，但首先你得再给我唱一首。"

德韦恩耸了耸肩："你搞乱了一个人的定价体系，但是没关系。我想想。"

"别再唱了。"我父亲吼道。他正恼火地扫视着桌布，好像他不记得放在什么地方的东西就在这桌上，在目力所及之处。"别再唱歌了。这是家餐厅，看在上帝的分上，说到餐厅，有没有人告诉我那该死的小牛肉在哪里?"

"闭嘴,"露西对我父亲说,"请问你能闭嘴吗,罗杰?就这一次?"

父亲的鼻孔大张,五官因轻蔑而气鼓鼓的。他用一只手掩着嘴转向德韦恩。"瞧,我不知道这个女人是谁。"他用整间屋子的人都能听见的音量说,"我也不知道她为什么和我一起住在我家。但我和你实话实说。我觉得我很乐意试一下,和她上床。"

德韦恩爆发出大笑,酒吧间的男人和在门口流连不去的带假领带的小男生也一样。露西一脸漠然。她以毫无破绽的镇定伸手越过餐桌,从德韦恩手肘边的香烟盒里拿过一支烟。我们都注视着她站起身来,拽过父亲椅背上的大衣。他稍稍向前倾了倾身。他的叉子碰到了空酒杯,敲出一记尖锐清澈的音符,一直回荡到他的妻子走出大门。

我吞下马铃薯面粉团子时太快了,它们像棒球一样堵在我嗓子眼里,我父亲和德韦恩正狼吞虎咽地吃着扇贝。愤怒让我手脚僵硬,为晚餐这出闹剧,为自己浪费了一个晚上时间,而明天这个时候我父亲根本不会记得。一等露西回来吃她盘子里正在冻结的牛排,我就准备告辞回家。

但十分钟过去了,十五分钟、二十分钟过去了,露西没有出现。我没在酒吧里找到她,她也不在人行道上抽烟。我找来的那个粗鲁的女侍应生也没在洗手间找到她。

"顺便说一句,她不见了。"

他皱眉嘟囔着,好像我刚给他读了一条烦人的新闻摘要,关乎一个他无法充分理解的话题。我试着拨打露西的手机。它在父亲的裤子口袋里响起来。

我们又喝着咖啡打发了二十分钟时间。那时餐馆已经人满为患,不等我们要求,侍应生就拿来了账单。父亲低头盯着那本小册子却没有打开。他的眼睛里满是疲惫和酒意。"一百五十七块,爸爸,"我读着账单,"顺便说一下,谢谢你。"

"我没法付钱。"父亲说。

"为什么不能?"

"钱包在我大衣口袋里。"父亲说。我叹了口气,将我的信用卡塞进那本塑料小册子里。

餐厅外的人行道上,雨已经停息,但秋凉凝结成真正的严寒。我父亲只穿着衬衫,他抱住双臂,蜷缩着身子。"我帮你叫辆出租车,"我说,"你住哪家酒店?"

"不清楚。"他说。

"狗娘养的!"我大声叫道,"你不知道!"我攥住父亲,掏空他的口袋,想找到房间钥匙或者房卡。他毫无抵抗地服从了搜查，神色惊恐地看着我。

"很冷酷，"德韦恩用不赞成的语气说，不知道出于什么原因，他还没和我们告别，"这样对待你家老头子。"

"别掺和进来，"我恼怒地说，"我们得找到她。她是步行。我想，为了要找到她，我又得在出租车上花他妈一大笔钱。"

"如果允许的话，"德韦恩说，"我手头确实有一辆车，我很乐意载先生们四处兜一兜。"

"你有辆车，德韦恩？"我说。

"的确，"他说，"就在路口。我去开过来。只有一个小问题。我停车的地方，得花点钱才能把车弄出来。"

"他想要什么？"我父亲问。

"他要二十美元。"我说。

"好啊，那就给他。"

"我觉得我不会给。"

"别磨磨唧唧了，"父亲说，"很晚了，我也累了。给他钱。"

我把钱给了德韦恩，他晃晃悠悠走过街道。父亲紧紧抱着自己，车流经过，人潮汹涌，风势吹乱了他稀疏的银发。"坐进车里一定会很舒服。"他说。

"没有什么车，"我说，"他不会回来了。你刚才又拿我的二十美元打了水漂。"

父亲踮着脚前后摇晃，朝德韦恩消失的方向眺望。

"对我说抱歉。"我对他说。

他在风里侧着脑袋，整张脸像个握紧的拳头："为什么抱歉？为那些钱？为那张钞票？"

"当然了，"我说，"我们就从这里开始。说你为此感到抱歉。"

他埋头盯着人行道瞧，一只鸽子正啄着一根鸡尾酒搅拌棒。它用鸟喙衔住那根小棒，骄傲地沿着街道蹒跚而去，消失不见，右转去了米尼塔道。终于，父亲叹息一声，用悔恨的语气轻声说了什么。

"什么？"我说，"再说一遍，让我听清楚。"

他做了个鬼脸，微微躬着背，好像突如其来的一阵疼痛击中了他的肚子。"象。"他说，随即转过身去。

"象。"我重复道。

"象走 G-5，就能用皇后将黑棋的马逼得不能动弹。"

几秒钟后，一辆老旧的白色梅赛德斯停了下来，德韦恩那张宽大泛绿的脸在车里朝我们频送秋波。德韦恩伸出手去，副驾驶座的车门豁然敞开。"你回来了。"我说。

"没错。"德韦恩说。

后座上塞满报纸和铺盖。车里弥漫着恶心的尿臭味和脏衣服的味道。副驾驶一侧的车窗开着,我伸手越过我父亲去摇把手,车窗里升起一片碎玻璃,撒落在父亲大腿上。

"是啊,某个混蛋敲碎了它。"德韦恩说。

父亲什么都没说。他的牙齿在打架,嘴唇湿漉漉地耷拉着。他看起来衰老得无可救药,大睁的眼睛里空无一物。一阵悲伤击中了我,我想要拥抱他或是握住他的手,但是德韦恩踩下油门,梅赛德斯快速掠过休斯顿大街。我们砰地撞上一个坑洼。冲击力让一大堆垃圾和德韦恩挂在后视镜上的东西不停晃荡:"肥美星期二"的珠子,带羽毛的小摆设,运动比赛奖牌——而我父亲意乱神迷地盯着那串晃荡的杂碎,就像一个婴儿凝视着悬挂在摇篮上的玩具。他伸手抓住一块微型新墨西哥车牌,蹙眉看着突起的字母,读道:"魔幻之地。"

"这是什么?"他问。

"只是在路上捡的破烂。"德韦恩说。

"不,我说的是这字,'魔幻',又是什么意思?"

"狗屎,"德韦恩说,"你知道什么是魔咒吗,罗杰?"

"当然啦。"我父亲说。

"就是那种东西,就像是魔咒。"

父亲靠着我,研究着那橙色的布莱叶盲文。"魔咒之地。"他说。

穿越山谷

当简抛下我转投巴瑞·克莱默的怀抱时，那是个沉重的打击。但她开始和他交往时，我们之间的感情就已经所剩无几。有很长一段时间，我们不过是想尽办法挑起争端而已。巴瑞曾是她的冥想指导师，这是他的营生，后来他开始游走于各公司之间，教导经理们如何保持交流畅通。我无视朋友们的建议，鼓励她和巴瑞多接触，因为简和巴瑞进行的疗程似乎真的能让她稍稍镇定一些，同时缓解她的酗酒倾向——喝醉后她会陷入暴怒，为那些无法挽回的岁月诅咒我。但一天下午，我回家时得到一个并不愉快的惊喜：就在我们家洒满阳光的客厅地板上，简只穿胸罩坐着，巴瑞的双手放在她裸露的肩头。当我带着我们的女儿玛丽进屋时，他们俩都跳了起来，开始瞎扯什么巴瑞只是在演示几个新的指压按摩动作。接着我用一根塑料水管狠揍巴瑞，那水管是我带回家准备接在浴缸龙头上的。我咆哮着，吓哭了女儿。我砸坏了一些东西。我赌咒发誓要采取更多更糟糕的暴力手段，于是简带着玛丽跟巴瑞走了。我记得她抱着满手的衣服站在过道上,下颚肌肉突起,告诉我说,我将为自己的所作所为后悔。

她是对的:我确实陷入悔恨的汪洋,但没过多久,就不常懊悔也不太懊悔了。简开出个好价钱,买下我那部分房屋的所有权。我在城外找了个地方住,仓促中选了间翻修过的小屋,周围有六英亩土地,一条小溪流过院子。除了那一百万只在屋檐上啃洞的黄蜂,这房子很合我意。这些小家伙发出可怕的磨牙声,周末午后,每当因挫折感与悔恨感而走投无路时,我发现朝那些孔洞里喷洒毒药是个转移注意力的愉快方法。

我为自己开垦出一座花园,有只流浪猫会到玉米地里生闷气,我开始喜欢这只猫咪。我强迫自己寻找新欢,有一阵子,以为在自己办公室里的一个女孩身上找到了。她在我床上热情如火,但她也深受抑郁的困扰,这抑郁对她来说又很是珍贵。她时常会打电话过来,对我长吁短叹两个小时,要求我赞赏她那深刻的感受。我了断这段关系后,又开始想念她,希望自己起码曾想到过拍她的裸照。

我每个月见简一次,那天我上门去"借"玛丽。简现在更漂亮了,因为她已放弃酒精,开始了巴瑞为她设计的草药疗程。她似乎不再恨我,而时常以某种乖张的关怀对待我。"那天晚上看着你偷偷摸摸地经过这房子,我很遗憾,"有一次她说道,"这对你没好处。而且，如果你想把偷窥别人当成家常便饭，应该修一下你的排气管。听着像是个穿铠甲的人被拖过整条街。"

好在，我们分开后的那个夏天，她大部分时间去了加利福尼亚的门多西诺市，巴瑞的老家，还去了俄勒冈州和亚利桑那州的塞多纳，回来后不久，又动身到山里静修，去同雪松们对接交流并感受宇宙的插曲。九月的一个清晨，简的来电让我很意外。我已经醒了，正在聆听黄蜂们吃掉我的屋子。

"静修所这里出了点状况，"简说，"我需要你来接走玛丽，还有——巴瑞，如果可以的话。"

我很生气，以为当大人们在畅饮无上旨意的琼浆蜜液时，玛丽弄伤了她自己。但简说不是，受伤的是巴瑞。他从屋顶还是什么地方掉下来，现在他必须回家，因为无法靠受伤的脚踝完成任何动作。她解释说，巴瑞没办法踩离合器踏板，当她处于静修阶段时，巴瑞也没办法照顾好孩子。要是我能去接他们的话，她说，那真是帮了大忙。

我不喜欢开车到离城市边界太远的地方去，而且要和巴瑞·克莱默长时间同车的念头也没让我过于兴奋。但简想要让我们的关系发展到可以互相照应的阶段，这让我很激动。这是她伸出的橄榄枝，枝干多于果实。我告诉她没问题。

静修所在州西部，三小时车程。我按照简的指示开过了一些盘旋公路，在一处景色很不错的地方停下车，走出车来。大片野生草原一直延伸到湖畔，湖水是簇新牛仔裤的颜色，茂密的黑色树林又让湖水的边沿变成深色。不久前，我在报纸上读到一则报道，说的是某妇女在这附近的离奇死亡。和丈夫一起去野营后，她失踪了一个星期。报纸影射是丈夫杀了她，但就在警方要控告他的时候，一个猎人射杀了一头黑熊，并在它胃里发现了那位女士的帽子残余，这对那位鳏夫来说是条诡异的好消息。

当我朝篱笆围起的房子走去时，经过一个年轻的女人，她正坐在野餐用的凳子上给孩子喂奶。小孩子们正在木头游乐架上玩倒挂。一个正在开垦豌豆地的男孩说他认识我前妻，指给我看她住的帆布营房。

巴瑞坐在屋内的地板上，受伤的脚架在长凳上。他看着我进屋。和我上一次见他时相比，他的胡子里添了更多风霜，但他依旧是个英俊的男人。没有肚腩，皮肤光滑，满头秀发，比我登样。"你好啊，艾德。"他说。关于那只脚的情况，简确实没开玩笑。它的状况很糟糕：从脚趾到胫骨都呈灰色，踝骨四周环绕着银河系一般的紫色瘀痕。

我上前和他握手。"见鬼，巴瑞，"我说，"你们早在坏疽长出来之前就该给我打电话的。"

他看了看自己的脚，然后做了个手势，像是在挥走一只苍蝇。"严重扭伤，没别的。没什么大碍。只要让它得到些休息，剩下的就交给身体去办。恼火的是，为了待在这里，我一开始交了笔押金，他们不肯退还。你可能会以为在这种地方，一切共享，但相信我，这些人每颗豆子都数得清清楚楚。"

门突然打开，玛丽走了进来。看见我的时候，她闭上一只眼睛，假装害羞地躲到一边。接着她朝我伸出手臂，让我举起她，我照做了。

"我在和贾斯汀玩，看我找到了什么。"她说着将手腕举到我眼前，那里的皮肤被擦破了，黏糊糊的。"毒漆树。"她骄傲地说。

"好恶心。"我说。我又把她放下。"嘿，巴瑞，我可能想和简打个招呼，要是你知道她在哪里的话。"我还没和她说我已经填好了申请工作调动的文件，温泉城要开一家新的分公司。要是能得到这份工作，我会涨薪水，而且还会有几个下属。我想让她知道这些新变化。

巴瑞摇了摇头。"没可能，我很抱歉，"他说，"她正处于隔离中。"

"好吧，那我就探个脑袋进去，很迅速地打个招呼。"

"我很抱歉，眼下他们不会让人去看望她，任何人都不行，我也不行。还要等三十六个小时。或许你想留张纸条？"

我想了想："不用啦，我觉着没这必要。不如上路吧！"

巴瑞撑着一根陈旧的金属拐杖站起身来，上面掉了的软垫用折叠的毛巾替代。我想帮他拿行李，但他竭力做出要自己拿的样子。他挣扎着跟我走过小路，每五步都要停下来拽紧行李袋。我们走到车边后，我为他撑着车门，但他没有立即上车。他拄着拐杖杵在那儿，凝视天空、原野以及开始变成冰冻果汁色的秋季树木。他挠着乌黑的胡子，大声而贪婪地深呼吸。"天呐，我会想念这一切，"他说，"确切地说，是清新空气。感谢上帝，还有些东西是那帮混蛋没能够贴上商标的。离开这地方让我痛不欲生。"一群大雁从湖的另一头飞起来，在头顶组成点状飞镖的形状。巴瑞把玛丽抱起来好让她越过汽车看见大雁。一手穿过她的肩膀，一手放在她的腿弯里，他将我女儿抱在胸前的样子显示他之前曾这样抱过她很多次。玛丽双眼盯着大雁，心不在焉地用她结了疤的小手扯着巴瑞的耳朵。我注视着他俩，他俩注视着大雁，大雁们互相应和着，发出钉子拔出旧木板一样的声音。

我抬起前排的座椅，这样巴瑞就能爬进后座，放好脚。他先把拐杖放进车内，并用拐杖支着座椅，好让自己坐下来。拐杖底部没有增加阻力的橡胶垫，它钩住椅套，在乙烯材料上划开一道皇冠形状的小裂痕。巴瑞看了看我，想知道我有没有留意，然后抱歉地瑟缩了一下。

"啊，天呐！"他说，"巴瑞，你这个笨手笨脚的杂种！"

我长吁一口气。"没什么大不了。"我对他说。

他抚弄着那道裂痕。"我说啊，我们去买个那种工具。你知道他们卖的那种东西吧？我们可以修好的，小事一桩。"

"这么大的裂缝你没可能补得好。别提了。"

我过去把椅子调回来，但巴瑞用手臂挡着它："嘿，嘿，等一下，艾德。"

"怎么了？"

"你没必要朝我发脾气。我们会补好它的。如果自己补不好，那就去别的地方补，我出钱。真的。"

"没人发脾气，"我告诉他，"这车就是堆破烂。拿来补那裂缝的钱都够我买辆车了。好了，小心你的手臂。"

"起码我可以给你几块钱吧？"他伸手去拿钱包。

"不用。"

我让玛丽坐在才弄好的椅子上，绑上安全带，接着我们开车离开，很快就开始沿着与州际线平行的山脉行驶。

在前方，一块陡峭的巨石若隐若现，高耸入云。它的形状看来像乌鸦的脑袋，鸟喙为吃虫子而张开。"嘿，玛丽，你觉得那块石头像什么？"

她略加思索。"一个屁股。"她说，然后狂笑起来。

"有意思,"我说,"我倒没看出来。"

"你知道那是什么吗?"巴瑞在后座上插嘴道,"其实那是由休眠火山的熔岩凝固而成的。外层的沉积物风化得更快些,所以就留下山的大致形状。"

巴瑞很快打起瞌睡。他的脑袋就靠在我座位后面的车窗上,呼吸拂过他茂密的胡须。他身上有种肥皂、汗水和变质牛奶掺在一起的味道。

当简和巴瑞厮混的时候,我向很多人打听他的事情。我认识一个曾和他有过一腿的女人,她说他奇怪的体臭曾是种困扰,这话我很爱听。她还说他有个巨大的香蕉,前戏时他会做呼吸训练,事后他会到厨房飞快地做出一大碗甜菜沙拉。

我看向后视镜。巴瑞用没有受伤的腿撑住玛丽的椅背,他的裤腿往上缩,露出和鹿腿差不多粗的胫骨,覆盖其上的粗糙黑色腿毛茂密到可以挂住牙签。

我已经开始后悔帮简这个忙。我思绪万千。和你老婆的新欢一同坐在狭小的达特桑车内,很难不回忆起那些关于她的甜蜜的陈年旧事,但你不应再为它们挂怀。寒冷的早晨,她的腹部在你后腰上起伏。她在沐浴时全身涂满肥皂的奇妙的润滑感。很久以前的某个夜晚,我们如此真挚地亲热,摇松了两根固定床板用的四分之一英寸长的螺栓。就在往日片段开始重播的时候，门多西诺来的巴瑞很快偷偷溜进镜头中。他那裸露的、黑纹纵横的腿出现在我家床上，蜡烛和香在床头柜上冒着烟。你能看见他将黄色的大拇指伸进她扇贝状的弹性比基尼泳裤，慢慢把它往下剥，或许还扯了一两句莲花。你不会想要去想象她是如何从床上抬起臀部，之前还有大张着嘴充满期待的战栗，或是巴瑞在她展开的双膝之间做什么"拜日式"动作，舌头像是痛苦抽搐的提基神。要是你能记得有一次，事实上是好几次，在外面喝得酩酊大醉后回到家，压住你睡着的老婆说："来啊，老妈，我们搞一下？"你就不会去想什么"盘旋的蝴蝶""翠玉花茎"或是"神圣寓所的大门"。

这让我作呕。我抖落鸡皮疙瘩，伸手拍了拍玛丽的脑袋。她开始打瞌睡了。

她在我掌心下扭动。"我瞌睡的时候，别来招惹我。"她说。

我们转而驶上狭窄的州际公路，公路掉头穿越山谷。西边，地势深陷，山脉在那里转为平坦一片，棋格状的农田看来像桌球台般葱翠鲜艳。

我们行驶了一会儿，没有人说话。玛丽自娱自乐，喃喃自语。窗外，太阳正快速落下，小山之间被暗影覆盖。别的车现在都亮起了灯，于是我按下车前灯的按钮，把暖气也打开。玛丽把手伸到风口，感觉着吹到她身上的暖气。

暖气是我和简喜欢为之争执的事物。在我们的房子里，她永远无法觉得暖和。在七月中旬，她会关上窗户，燃起炉火。我不会把自动恒温器调到华氏六十五度①以上，于是她就把炉子燃得很旺，在旁边弓着身子，满面愁容，就像山顶洞里的妇女守护着一块煤。我下班回家时映入眼帘的第一个景象常常是，头发纠结的简站在炉子边，旧汗衫垂得离炉灶很近。为此我朝她高声吼叫，但一点没有用。她的睡袍两次着火，我们不得不停下来，卧倒，让她在厨房地板上来回滚动。

身后的座椅发出呻吟，我听见巴瑞坐起身来，伸着懒腰。

"嘿，巴瑞，简还试图让自己被炉子点着吗？"

"据我所知，没有。"他说。我把两次发生意外的事告诉他。

"不出我所料。她的血液循环很不好。"

"嘿，她还把一堆用过的餐巾纸留在床上吗？天啊，我记得，她用掉那么多餐巾纸，你爬上床，突然之间！让你快吐出来了。她还这么做吗？"

巴瑞干笑一声。"不予置评。"他答。

"怎么啦？"

---

① 约等于18.3摄氏度。

"很抱歉,"巴瑞说,"实话跟你说吧,这让我有点不自在。对她进行缺席审判。"

"只是想找点话题而已。"我说。我就此作罢,并没有向他提及真正想问的问题:简是否还被我们结婚时会做的噩梦困扰。当她还是小姑娘时就有了这种双重梦境,她梦见有人站在床头,然后她会梦见从这个噩梦中惊醒时真的看见有个人站在床边。这时候,情况变得一团糟。有时,她会从床上跳起,直接奔跑起来。她这样会伤到自己。她会撞到墙上。有一次,她撞穿了移动屏风。有时床单会缠住她的脚踝,还没等她动身,她的脸就重重着地。第二天一早,她会有一只不断加深的熊猫眼。这些噩梦总是把我吓得半死。简发誓说它们毫无意义,并不是它们看起来的样子,不是关于她在孩提时认识的什么人的记忆。我想问问巴瑞,在他们一起做那么多的意识研究时,她是否曾提及这个噩梦。但我有种感觉,他会想办法拿它来针对我,让这些梦成为我的过错。

天色变黑时,玛丽在她座位上俯下身来,做了件奇怪的事。她低下头,将嘴唇放在变速杆上。她将挡杆手球整个吞进嘴巴里,下巴都被撑开了。一串口水滴到变速器上,在仪表盘发出的绿光中闪烁。我等着她停止这么做,但她没有。她似乎就这样睡着了。我轻轻拍着她的背。"好啦,宝贝,快别这么做。"巴瑞的脑袋再次出现在后视镜里,后面车辆的灯光却让他的脸隐在暗处。

"没事的,艾德,"巴瑞说,"长途旅行的时候,简和我会让她这么做。震动能让她放松。她说那让她的牙齿感觉很好。"

"是啊,不过,这不安全啊,"我说,"好了,宝贝,快起来。"我抓着玛丽的肩膀,但她不肯松开变速杆,甚至一动都不肯动。有些孩子,你可以把他们放进桶里然后滚下楼梯,他们还是不会惊醒。玛丽就是这种孩子。"玛丽,亲爱的。"

巴瑞像是要说话的样子,但又没说什么,然后他又说了:"艾德,容我说一句,我觉得你就让她这样待着吧。简说没关系的。这样没什么坏处,真的。"

我低头看着玛丽,变速杆在她嘴巴里不停震动。一阵叫人毛骨悚然的嗡嗡声正从她嘴里传来。这让我感觉很不爽。我用手托着玛丽的下颚,想把她从变速杆上撬下来。问题是,她的牙齿在嘴唇上磕出了一个很小的口子,当她在座椅上坐起身的时候,她眨巴了几下眼睛,碰了碰嘴角的血迹,然后哭了起来。

"好吧,你瞧,艾德,我原本想告诉你,要是你让她……"

"巴瑞,"我说,"谢谢你插嘴,只要你肯把话留在肚子里,你说什么我都心存感激。"

"嘿，得了，巴瑞，你没必要这么针对我。"他说。玛丽断断续续地吸着气，我知道当它们再呼出来时会变得很大声。

"我不是要针对谁，巴瑞。眼下我只是不想听什么见鬼委员会的说教。"

在强大肺活量的支撑下，玛丽开始发出长久而低沉的呜咽。她这么哭了几声，然后只是坐在那儿抽泣。

巴瑞稍等片刻，接着问道："她受伤了吗？"

"没有，见鬼，巴瑞，她没受伤，"我揉着玛丽的后背，"小宝贝，你没事，对吧？"

她喘着气，语无伦次说着话，然后摇头否认。

"噢，上帝啊，你没事，宝贝。你当然好好的。巴瑞，她没事。她只是擦伤了一点嘴唇。"

"她在流血吗？"

"巴瑞，你现在能闭嘴吗？请闭嘴，好吗？"我朝玛丽转过身，擦掉她脸颊上的一颗泪水。"好啦，亲爱的，我怎样才能让你不哭呢？你饿吗？你要吃奶昔吗？你要吃糖吗？"

"不要。"她说，大概说了十六遍。

"噢，见鬼，你当然要啦。"我说。我陷入想要打破某样东西的情绪，把收音机开到很大声，砸着方向盘中间的位置，但很轻，免得摁响喇叭。

雾气跟着我们下山。黯淡的光线中，篱笆上的木桩迅速掠过，留下模糊的影子。翻过一座山头的时候，我们惊扰了一只正在路中央吃东西的负鼠。它突然转过身来，双眼在车灯下闪耀着无精打采的黄光。

巴瑞换了个姿势，他的脑袋再次出现在座椅之间。"艾德，能否把音量调低一会儿？"

我照做了。

"抱歉，我觉得该说点什么。"他说。

"没关系。你已经说了一些啦。"

"不，我想道歉。我不应该对你做的事放马后炮。我在不该开口的时候多嘴了。"

"别提了。"我说。

巴瑞用手掌捂住嘴巴咳了几声。"嘿，艾德，我想让你知道，我真的很感谢你过来接我。这是件尴尬的事。我是说，我们的关系算不上好哥们什么的，但我觉得这很好，很重要，我们会单独相处上一阵。"

"是啊，很温馨。"

他还不罢休。"不管喜欢与否，现在，我们以我们的方式，成了一家人，我们四个人。我最不乐于见到的情况就是，我的存在威胁到你，或是以任何方式……"

"你没有威胁到我,巴瑞,"我告诉他,"我只是没那么喜欢你。"

他陷入沉默,长叹一声。"好极了。你采取了一种非常了不起的态度,艾德。"

巴瑞重又缓缓陷进座位中。我重新调高广播的音量,快速驶过夜色。

在低矮山坡的山脚,我们遇到一家餐厅,那是一间木屋,窗户里闪着霓虹灯。过去四十分钟内,巴瑞赌气似的保持沉默,对我来说这简直可以媲美他那高亢的鼻音。

"嘿,就在这儿吧!"我强颜欢笑地说,"我们停车吃饭。想吃点什么吗?"

"好吧。"巴瑞嘟囔道。

我停好车。玛丽和我动身穿过停车场。空气中弥漫着从厨房门口那只油腻的储物柜里散发出来的味道。巴瑞一瘸一拐地跟在我们后面。玛丽和我在吧台边找到三张空位。餐厅相当不错,枝节丛生的松木镶板上挂满没用的废物:铁质农具、镶起来的球赛获胜报道、车牌,还有几张盖着邮戳的再版古董广告招贴画,画里红唇的黑人正露齿而笑。尽管不是纪念墙,当地人还是把马克笔草草涂写过的纸币钉在上面。我还没来得及阻止她,玛丽已经伸手从她凳子旁的方形立柱上扯下了一张。调鸡尾酒的女侍应生看见她这么做了。她是个腰际线很高的姑娘,穿件低胸装,露出长着雀斑的深乳沟。我从玛丽手中拿过美钞递给这个姑娘。"要是你张嘴,她会拿走你的假牙填充物,"我说,"请不要叫警察。"

那姑娘笑了。她伸出一只手捧着她的脸颊。"留着吧。"她说。我以为自己或许会和她搭讪几句,但她却举着托盘迅速离开,巴瑞倒蹒跚着来了。他没有看我,坐到了玛丽旁边。他点了烤奶酪,洋葱圈和红酒,红酒装在扭盖小瓶里送上来。在等待食物上桌的时候,他吃着吧台上的椒盐饼干。

与此同时,很快会放松下来的人们开始在吧台边聚集。几个银行出纳模样的女人身穿人造纤维质地的套装,大口灌下龙舌兰酒,吮吸着酸橙。在一个角落,戴黄色太阳镜的孩子搭了个DJ台子,正播放一些低沉的音乐,DJ的一个小弟滑进舞池,身体的每个部位都在跳着神经抽搐般的都市舞步。过了一会儿,银行出纳们互相调笑着把对方骗下圆凳,想和跳舞的男孩一起疯一阵,但他从她们中间穿过,仿佛她们是些交通信号灯似的,他踩着舞步消失了。

在吧台另一头,一个穿着粉红色高尔夫汗衫的小个子男人正喝着啤酒,看着固定在吧台后的电视。他肯定二十才出头。他看起来超级不爽,还特别像希腊人:长鼻子,眉毛与V字型发尖之间的额头有一英寸半。过了一会儿,一个瘦高个的女孩走进来坐在他身边。他没有看她,尽管其他所有人都在看。她身高大约六英尺二英寸,是头漂白过的长颈鹿,穿着紧身牛仔裤,化着她这个年纪不太需要的浓妆。她把胳膊肘搁在吧台上,用拳头支着脸颊,怒气冲冲地朝那个小男人吹了一口气。那孩子抿着啤酒,装作没注意到她。

"我在家等你呢。"她说。

"是啊,我不在家。"他说,眼睛紧紧盯着电视。

"不在个鬼。"女孩说。她捡起一根鸡尾酒吸管,在他指甲边拱来拱去。

我们的饭菜来了。我把玛丽的奶酪汉堡切成小块。在放进嘴巴前,她会拿起每一块来舔一舔。以前我从没见过这种吃法。甜点我帮她点了块派,她从里面挖了两颗樱桃出来后,把派给了我。我三口吃完了它。已经很晚了,从这里到家,还有沉闷无聊的两小时路程。

巴瑞却准备在他的烤奶酪上花无穷多的时间。他慢吞吞地将奶酪拖过盘子里的一摊芥末酱,咬一口,咽下去之前大概嚼了有十分钟。他偷听三张椅子开外那个粉刷匠说的笑话,在对方抖包袱的时候大声笑起来。他注视着酒保耍小花样:酒保把一只空瓶子放在吧台边缘,然后用掌心拍击瓶颈,于是瓶子划过一道高高的曲线，落进角落的垃圾桶。巴瑞和大家都在鼓掌，除了吧台那头的年轻情侣。男人的晚餐来了。当女人想要吃一口他的三明治时，他猛然将盘子朝她推去。

"吃个够吧。"他说。

"今天晚上你他妈怎么了，刘易斯？"

"没怎么。只是觉得，要是能吃上一顿没你插手的饭会很有意思，不过，得啦。"

女侍应生走过，那男孩朝她大声喊："嘿，你的咪咪们今晚看起来很开心。"

"是啊，其实它们的内心在哭泣。"她扭头对他说。

高个子女生瞟了一眼女侍应生，又回头看着男生。"我们去切洛基吧，"她说，"唐和丽莎在玩牌。"

"你自己玩得开心，"他说，"转告那个混蛋，他欠我一段空气压缩软管。"他掏出一张钞票拍在吧台上，带着啤酒走了出去。女生翻着白眼好像满不在乎似的，但还没等大门合拢，她就起身追了上去。

当我们走回车里的时候，他们俩到了停车场。那时候事态有些升级。她把那个男人逼得背靠一辆蓝色 GMC 皮卡车，她的手指戳着他的脸，头发飞扬。我抱起玛丽，加快脚步朝车走去，而这对情侣继续大声吵着。

我帮玛丽系好安全带,然后帮巴瑞把椅子往前移,但他背过身站着,视线放在那对不愉快的情侣身上。

"你上车吗,巴瑞?"

他没有动。戏越来越精彩了。巴瑞注视着那个男孩想避开自己高大的女朋友坐进卡车内,但她不停咆哮并挡住他的去路。他猛推她的胸口,让她一屁股摔在地上。

"天啊!"巴瑞说,"我们得做点什么。"

"我们需要做的是,离开这个地方,让这些年轻人私下解决他们的事情。"

他愁眉苦脸地看着我:"你知道吗,艾德,我为你感到遗憾。真的。"

那个女人没在地上停留很久。一秒钟后,她站起身来,用雪白的手臂猛揍那个小个子男人。他伸手扇了她一个耳光。我们听见一声脆响,就像棒球击中了手套。

"上帝啊。"巴瑞说。

他兴冲冲地拄着拐杖朝那两个孩子走去。我上车发动引擎,以为可以让他终止行动,但他一往无前。

巴瑞走到距离他们一口痰的地方,停了下来,路灯照射出的蓝光洒在他周身,形成一个明亮的圆锥形。看见他出现,他们停止了互相攻击。巴瑞开始用安详的门多西诺腔说话,起码他的加州魔力发挥了作用。两个年轻人安分起来,忍受着巴瑞的说教,就像两个九年级学生,在露天看台上做剧烈运动时被抓个正着。这种和谐维持了大约九十秒钟,接着男生朝巴瑞嚎叫,用拳头攻击他。那男生的身高还不到他的脖子,但巴瑞拄着拐杖退缩了,摊开手掌躲避着,怕被打到脸。

他还来得及撤退,那个男生挥舞着他的啤酒瓶,巴瑞掌心朝上,脑海中播放着些电影片段,在里面他是万众爱戴的和平使者。某种角度来说,我实在很想看那个年轻的蠢货夺过巴瑞的拐杖,然后拄着它像个音乐盒上的芭蕾舞女一样旋转。但话又说回来,如果巴瑞挨揍,我知道又得被简好一顿痛骂,她当然会认定我该负责。

我从副驾驶座上抱起玛丽,把她放进后座。然后我快速开过停车场,摇下车窗喊巴瑞的名字。那个男生看着我,肾上腺素让他亢奋得几乎脚不着地。

"有什么问题吗,同志?"

我朝他微笑。"一点问题没有,脑残,"我说,"我只想带我爱人走,然后你就可以回去继续揍你女朋友了。"

男生把酒瓶砸过来,在车门上摔得粉碎。玛丽瑟缩了一下。我红了眼睛,走下车去。巴瑞挡在我面前,说道:"别,艾德,上帝啊,算了。"我越过他。小个子希腊人正为自己的勇敢而欢笑，我猜他是期望他这虚张声势的杀手面相会吓得我忘了他的短胳膊腿和小身板。怒气在我胸腔翻涌，迫不及待，我知道不该做得太过，只要在他鼻子上揍一两拳就好。或许把他皮带扯下来，稍稍抽他几下。我摆好架势，抬起手来，接着我就陷入了梦境。那是在孟菲斯简的父母家举办的晚宴。外面暴风雨呼啸，闪电在窗户上碎裂。我正在和简的父亲说话。"无赖也比傻瓜强，"他低沉的声线在说，"无赖也比傻瓜强。"

醒来时我仰面朝天躺着，下巴生疼。那个小个子男人在我身下，以错综复杂的全接触方式缠着我，而且是某种我无法挣脱的摔跤招式。他的腿钩住我的两只膝盖，一条手臂扣着我的喉咙，他正用另一只闲着的手揍我的太阳穴。巴瑞高音喇叭般呼救的鼻音盖过了挥拳声和呼吸声，以及我们在泥土中缠斗的微小声响，而他只需把拐杖塞进那男人雪白的牙齿中间然后往上一靠，就能终结这一切。

那小流氓让我束手无策。我没办法动弹也没办法呼吸。我的眼睛因为无助和痛苦而不停眨动。我寻思着，除躺在那里等着昏过去以外没什么好做，这时，哎呀，我朝下一看，发现那男生的脸触手可及，正好在我肋骨边。我抬起胳膊肘揍他，他虚弱地咒骂着，我继续揍他，第二下摆脱了他的掣肘。他吐了口气，掐着我脖子的手松开了。第三下的时候，什么东西陷下去了，我的肘部能感觉到。叫人作呕的塌陷声,就像一根鸡骨头被折断。女生在尖叫,踢我,又有人把她拖开。现在,一小撮热心的市民已经从餐厅里拥出来。我从男人身上滚下来,都没听到他吭一声。

我吐出一些滚烫黏稠的东西,它们没能越过我下巴。我试图站起身来,但我在吧台后面见到的那个男人过来伸手按住我。"你别动。"他说。他手里拿着一根小型铝制棒球棍。我坐在汽车保险杠旁边的地上。巴瑞不在人群中,玛丽也不在。高个子女生来到男朋友身边,对着他喃喃低语,轻轻捧着他的脑袋。他的脸颊从眼睛下深深塌陷的景象,真是叫人惨不忍睹。

提示车门开着的蜂鸣器关了,我怀疑有人顺走了我的车钥匙。我想要看清楚是谁,但是酒保用靴子踢了踢我的腿。"你还是别动,等条子来吧。"

"他先动手的。"我说。

"但你最后收手。看起来,狠揍了好几下。你待着别动。"

我无所谓。并不是很想去别的地方。我躺下来,试着慢慢呼吸,感觉肺部被什么人塞满了灰烬。闭上眼睛。我能感觉到身边的陌生人。我必须把来龙去脉理清楚,必须考虑一下,如果警察决定连夜拘留我的话,巴瑞和玛丽该怎么办,但这一切似乎遥不可及。

那一刻映入我脑海的是关于那些夜晚的回忆,简又做梦了。有时她的梦也会影响到我。我会和她一同惊叫着醒来,几乎已经

117

看见了在我们房间里的男人,知道就在千钧一发之间,我的后脑勺就要遇上榔头或是斧子。她会起身,开灯,检查衣橱、床底,我会起身和她一起忙活,但并不是因为她要求我这么做。当我们终于回到被窝,我会长时间躺在黑暗中,半梦半醒之间,心跳不已,想着屋子里每一个我们不曾想到要检查的地方。

豹

早安。

你没睡好。别睁开眼睛。伸出舌头。搜寻上嘴唇上的小伤口。祈祷它已经在昨天晚上愈合。

没这等运气。还在那儿，舌头感觉毛毛的，尽管它很小，直径甚至小过铅笔头上的橡皮，但感觉上它要大得多。你妈妈说那是无关紧要的真菌感染，她本该对你拿出更多同情心。

它舔起来没有看上去那么糟糕。感染看起来就像一只微型汉堡包，爆裂开，棕黄色，就长在人中的正当中。昨天，在食堂里，乔什·莫洪当着餐桌旁朋友们的面，指出了两者的相似。考虑到你多么想成为乔什·莫洪，这真是惨痛。

他转身面向你，说道："嘿，杨西，能帮个忙么？"

"什么事？"你问，因为难得获得乔什关注而窃喜不已。

"你能坐到那边的座位上去吗？"他说，指着桌子另一头，"对着你脸上这该死的汉堡包，我吃不下午饭。"你不得不仰慕这句话中简洁的诗意,它在所有人中间引发风潮,大家嘲笑你,喊你"汉堡王""肉饼"或是"全牛堡"。这些称号一整天都挥之不去,今天早上也铁定会在学校迎接你。你十一岁了,这是个开始展现真我的年纪,无论对我们自己还是对这个世界来说,都无可救药。就如同莫洪是个无可救药的足球健将和衣服架子,长着蓬松的头发,穿着白色皮鞋,而你是个无可救药的真菌感染者。

今天别去上学。装病。

你妈妈进来叫醒你。在家里,她会穿滴到油漆的牛仔裤,还有旧汗衫,透过汗衫松松垮垮的袖口,你时常能瞥见她腋下的汗毛。但今天早上她因为要去上班穿着蓝色缎子衬衫和白色的紧身裤,这身打扮暴露了她的隐秘生活。"我觉得不舒服。"你告诉妈妈。

"哪里?是肚子吗?"

"是的。"你说。

"哦,天啊!"她说,"我希望不是你那个老毛病。"

"我不知道是什么,"你说,短促地呼吸着,"不过真的很疼。"

她伸手在你前额上放了一会儿。她的手掌干燥凉爽。你总是喜爱她的双手:手指修长纤细,干净饱满的指甲从不需要抛光。在她右手食指的指关节上有一个完美的红点,就像生产商盖下的质量合格标签。她的手指滑到你胸口。你的皮肤上是滑腻的汗水。你穿着校服和牛仔裤睡觉，还穿着一件冲锋衣，你总是这样，陷在床上的书堆和杂志里。明年你就十二岁了，但你时常还像个小孩一样，睡得又沉又香。你在木箱里都能酣睡八小时。

妈妈的手指掠过你的胸骨，这让你觉得不舒服。最近那里冒出一片又大又痛的粉刺。当妈妈触碰到的时候，它们因为羞耻的存在感而颤动。身体的这个部分是你的忧愁源泉，部分原因是因为，多年前，一个保姆告诉过你，每个男孩到了少年时期，胸口就会长出一块柔弱的地方，就像婴儿的囟门[①]，要是你撞击别人的这个部位，可能会要了他的命。这保姆是个大话王，你现在已经意识到，他比你还糟糕。他告诉你，在佛罗里达生活着一群嗜杀成性的小丑，要是你犯下罪行，他们会来追杀你。他还说，医生做堕胎手术的时候，会让胎儿生下来然后把它们放在一只桶里，让它们哭到没命。不过，你还是不太确信，在"罩门"的事情上，这保姆究竟有没有骗人。你扭动着挣脱妈妈的手。

"怎么了，你要待在家里吗？"

再咽一次口水。闭上你的眼睛。"不知道，可能吧。"

[①] 婴幼儿时期的一种头颅特殊生理结构。人的头颅由六块颅骨组合而成，在发育过程中，最初头顶和枕后两个结合部的缝隙较大，形成了只有结缔组织和头皮覆盖却没有骨质掩护的缺口。

"好吧。"

她亲吻你然后站起身,低下头以免撞到床的上铺,上面塞满旧毯子和装着你妈妈东西的箱子。她谨慎行事是对的。不久前,你的脑袋狠狠撞在上面,一道白色闪电劈过你的眼底。生气的时候,你会用求生小刀糟践这张床,微不足道的刑罚,无法叫人满意的伤痕。床架上的小缺口和凹痕,令人沮丧地提醒着那些无谓的攻击。

在你脑袋后面的架子上,摆着你父亲在你十岁生日时买的录音机。你有一大堆磁带,录满你喜欢的歌,是从电台录的,所以开头的时候都有几秒钟的缺失,但你并不介意。你想听听你的磁带,但你能听见继父在厨房里走来走去。他跌跌撞撞,锅碗瓢盆的声音越来越大,吵得你认为他一定是故意这么做的。你不会碰录音机因为你不想让他知道自己醒了。

他和你妈妈生活在茂密树林中一块二十英亩的土地上。你的继父把自己想象成信仰社会主义的边境居民,他没有像样的工作。他太忙于照料这块地产上的三座大花园,以及为那台火炉劈柴火,火炉是他竭力说服妈妈买的。他认为辛勤工作是至高无上的,每次你转身,你继父都会出现,把一把扫帚塞进你手里,或是给你一堆湿衣服去晾,或是让你去搬柴火,或是清洗水槽,或是挖一个洞。"我有件事要你做"是你继父的口头禅,有时你会模仿这句话让你妈妈发笑。

你用大拇指揉着前臂上柔软泛白的皮肤，因为你去年暑假被迫干的活，这块皮肤的颜色至今没有恢复。你继父让你清理大约一英亩的忍冬，当他和妈妈不在的时候，你往灌木丛里泼上油漆清洁剂然后点了火。你小心翼翼地把水管带在身边，火势并没有失控。三天的工作量用一小时的大火就解决了。但是烟雾吞没了你，两天后你得了极其恶心的毒藤感染，疱疹从你双手、脖子和眼皮上窜出来。然后它们破裂，再结痂成为大量的棕色宝石。医生说，要是你吸入烟雾的话可能会死亡。当你听说的时候，很遗憾没有满满吸上一两口：不足以致命，但想到可以因为你继父让你干了不该干的活而在氧气室待上一段时间，你就觉得很爽。

如果你继父要你放下一切去做家务时遭到拒绝，这种情况被叫作"顶嘴"。"我烦透了听你顶嘴。"他说，或是："你他妈再和我顶嘴看看！"他又瘦又高，戴着酒瓶底眼镜。但无论是他的视力还是他老土好莱坞暴徒般的说话方式，都不会削弱你对他的畏惧。他扇过你几次耳光。不久前，你父亲过来接你，而你继父和他争执起来。他把你父亲推倒在地，接着举起一块足球大小的石头，作势要朝你父亲脑袋扔去。但他只是将石头扔到一旁，哈哈大笑。在这之后的许多年，每当你想起自己的父亲，他蜷缩在草地上，双手抱头，绝望地抵御石块致命一击的样子，都会是画面的一部分。你数着还有多少天才到十六岁，一意孤行地认定在这个日子，你将能够和继父宣战。

十二点半，你听见前门打开又甩上的声音，接着是你继父那台树叶粉碎机令人汗毛倒竖的呜咽声。他又在制造树根覆盖物，这玩意儿对他来说比食物和金钱更宝贵。现在起床就安全了。你到厨房给自己倒了一大碗麦片。把它端到妈妈和继父的卧室去吃，因为全家只有那里有电视。你很高兴地发现 U 频道正在播放《梦迷简尼》。简尼有些恼火，因为尼尔森将军的朋友们在屋里摆满了来自某个可怕天才的艺术创作作为订婚礼物，雕塑们咕噜噜地发出消化的声音。芭芭拉·艾登的小腹让你极度兴奋，你把手伸进内裤里抚弄着。几乎就在这当口，你听见树叶粉碎机停了。你关掉电视，跑进厨房，装出坐在桌旁的样子。你继父走进来，散发着浓重的植物香味。碎树叶和树皮挂在他闪闪发光的手臂和前胸上。"感觉好点没有？"他问。

"没有。"你说。

他用粗糙的手掌拍着你的前额。他的手带着芬芳的汽油味。"我觉得你不烫。"

"痛的是我的胃。"

"你吐了？"

"没有。"你承认道。

"你一定是感觉好多了,否则不会喝牛奶的。既然能喝牛奶,你一定是好多了。"

你不觉得这和牛奶有任何关联,但你不想和他争辩。

"我头疼,"你说,"我觉着该吃点东西,仅此而已。"

他狐疑地嘲笑你,从鼻子里哼着气。作为一个年轻的谎话精,你总是想当然地认定大人们还有更重要的事要操心,而不是去抓孩子们的小辫子。但你的继父似乎有足够多的时间,研究并怀疑从你嘴巴里说出的每一个字。他会花好几天时间搜集证据,证明笔杆上是你的牙齿印,而你发誓没有咬过那支笔。你对继父的憎恨占据了你所有的心力,且不肯罢休,但这不过是因为你的世界还很小,而继父在你的生活故事中又具有巨大的象征意义。你继父怀着与你同等的精力与残忍讨厌你,这仿佛证明你母亲嫁给了一个心胸狭窄又危险的孩子。

"你该呼吸点新鲜空气,"继父说,"你去拿邮件吧?"

这不公平。因为车道是半英里长的沙石路,得走上十五分钟,而且你继父知道你病了。

"为什么?妈妈回来吃午饭时会拿的。"

"你去拿,"你继父说,"新鲜空气对你有好处。"

"其实,我还是有点头晕。"

"我拿一个软糖圣代打赌,你行的。"

你赤脚走过草坪。脚下的地面满是鼹鼠洞。那是一个炎热的秋日,明净的天空让树丛看来像是后面撑了块蓝色幕布的电影道具。夏天时磨出的老茧已经蜕掉,车道上的沙砾很尖锐,你走得一脚深一脚浅,高高举着胳膊肘的步态就像准备起飞的鸟。你因为沙砾的不适感而责怪继父,每走几步就抓起一把沙砾扔进树丛,指望这几把会让他花费好多钱来重铺。

你走过木柴堆和鸡舍,走过树林边缘;你曾在那儿,沿着一棵橡树盖了间披屋。小屋很漂亮,材料是被风吹落后又用美工刀打磨过的树枝,屋顶盖着松树枝。有一天,树林另一头刚搬来的邻居家的孩子出现了,你们吵了几句。第二天,你发现小屋的支架散落在空地上,而你藏起来的那些并不引人垂涎的零食——生腰果,香蕉片——全掉在泥土中。你向继父提及这次蓄意破坏,一个星期天早上,当这个男孩和他父亲上教堂的时候,你们两个穿过树林,毁掉了男孩父亲地界上的昂贵树屋。你继父扯下马口铁做的屋顶,用撬棍砸碎了梯子。你用石块打碎了玻璃窗,这种力量让你兴奋不已:你们两个,身处同一野蛮而正义的阵营。

你打开邮箱。里面被塞了个密不透风,有杂志、账单、目录,和展示杂货店各种血红色牛肉的广告,那景象让你嘴唇上的伤疤一阵悸动。邮件一定重达十五磅，这种重量任何病号都拿不动。在一大摞邮件上面，有什么东西吸引了你的视线。那是一张自制的传单，用打印机印着看似一头猎豹的照片。"失踪宠物"，传单上写着，下面有个电话号码。你的脖子后面一阵凉意。你转头看向树林中，你什么都看不见。树叶还没有开始掉落，你看不到二十码外的地方。你重新看着传单。那猎豹看起来瘦得皮包骨头，并不可怕，但你的心跳还是有些加速，一想到它可能就在那里，在你家附近昏暗的松树林里，它带斑点的脚爪无声地踩过树根、松针和被树叶掩盖的陈年啤酒罐，还有过去人们随意扔在那儿的处方药瓶。有了一头游荡的猎豹，树林现在似乎出了名。

在车道遥远的另一头，你再次听见树叶粉碎机的呜咽，这声音代表着惊人的残酷与愚蠢，是对怦怦的心跳以及你四周这片茂密森林中那些微妙动静的冒犯。要是那头猎豹在附近某处，想必它已经被你继父亵渎寂静的行径激怒。对于一头豹子来说，溜到他身后然后叼走他是易如反掌的事，不会留下丝毫痕迹。

快一点了，那是你妈妈回家吃午饭的时间。你不想单独和继父待在屋里。他在你生病的日子，你特殊的休息日，派你到车道上取邮件，这事仍旧让你恼怒。你又走了十几步，这时一个计划不请自来。非常小心地，你把邮件撒成一个随意的扇形，看起来就像是突然掉在那儿的一样。你轻轻躺在轮胎印子上，像某个被昏厥咒击中的人一样摊开手脚。当你妈妈的车转弯驶上车道，她会发现你躺在那里，但你离得足够远，所以你觉得她不会误撞上你。她会哭着向你走来，满是关怀。你会让她花言巧语地诱供，说出你继父如何强迫你来取邮件的故事。

不要动。别介意嵌在你脖子里的沙砾。不要破坏这场面。她或许根本不会上钩。她已经对你继父说的有关你的话半信半疑：说什么你是个小骗子，一张嘴就只会说谎话。

一只昆虫，或许不过是只黑蚂蚁，爬过你的腿肚子。很多分钟过去了。当时间过去，因策略的巧妙而感觉头晕目眩的得意开始被羞耻感侵蚀。你决定，要是十辆车快速开过柏油路面后，你妈妈的车还没来，你就站起身，走回屋里去。

到第六辆车，你听见它突然刹车，倒车，然后驶向路边。不是你妈妈的车。它有个强大而且运转顺畅的引擎。或许是 UPS 快递的车，抑或是某个要转弯的人。不要动。

一扇门打开了，你的舌头因为警觉而猛然变厚。你的眼睛紧紧闭着。带硬底的鞋子吱吱嘎嘎踩过沙砾向你走近。

"哇哦，兄弟，嘿……嘿……"是个男人的声音，高亢而紧张，一只手轻轻推着你的肩膀，"来，起身。朋友。"

这男人断断续续吸着气。温暖的手指找到你脖子侧面，摸索着探你的脉搏，你被吓了一跳。可以睁开眼睛了，注意要颤动着，就像电影演员们从昏迷中醒来时那样。最先映入眼帘的是一双锃亮的黑皮鞋，或许是塑料质地，再往上是人造纤维做的灰色裤腿，干净笔挺，仿佛是模子里浇注出来的。你瞥了一眼这人的皮带，一把黑色的大手枪栖在枪套中，再往上就是他洁净灰色衬衫上的明黄色徽章。他很年轻，大大的面团似的脸上双眼凸出，脸颊两边的络腮胡子还没长全。

"好了，放松，"他说，"我们放松。"

如果有什么人需要放松，那人不是你而是这个警察。他的大脑袋在领口转来转去，带着大公鸡追踪甲壳虫的专注仔细估量着你的身体状况。"你还好吗？"他又问道，"你痛吗？你有什么地方在流血吗？"

"我……我觉得没有。"

"你一点问题也没有？"

"是的，是的，我很好。"你说。你坐起来。警察将一只手放在你肩头。

"悠着点，"他揉着眼睛，"上帝啊。你把我吓得魂都没了，兄弟。我看到你，然后看到那些撒落的邮件。我还以为，哦，见鬼。我还以为，我要亲手处理一桩驾车枪击逃逸，或者起码也是一桩车祸逃逸。瞧瞧这个。"他说着，转过屁股让你看见他已经打开枪套，让手枪随时就位。他看起来这么年轻紧张，拿枪真让人不放心。

他问你感觉如何,以前有没有昏倒过。

"没有,我很好,"你告诉他,说着站起身来,"但是谢谢你做的一切。"开始捡邮件。要是运气好,他会回到舒适的车里然后离开。你妈妈随时都会回来。没有多少时间可以走过车道那个弯,避开公路,然后重新组织那个场面。

警察将一只厚重的手放在你胳膊上。"来吧。到车上来凉快一下。"

在警察的帮助下,你捡回了信封和目录。他催促你坐进副驾驶座,把所有仪表盘上的出风口都倾斜,让风都能朝着你吹。他发动引擎,猛然吹来的微风非常非常凉快,还带着叫人眩晕的药水味,闻着像牙科诊所的候诊室。你妈妈的所有家当中,没一样如此明快洁净。

杵在仪表盘外面的是一把放在金属支架内的霰弹枪。后座上散落着其他的警用装备:一只黑色手电筒、装在迷彩花纹皮套里的记事本。不知道为什么,这两样东西比霰弹枪更真实可怕,枪和你在电影中看见的完全一样,这让它显得不太真实。

"你感觉如何?"他问你,"没觉得头昏什么的吧?"

"没有,"你说,"我现在好了。全好了。"

"那是什么东西?"他问的时候指着自己嘴唇,表示问的是那汉堡包。

"我以前也长过。只是真菌感染。"

警察看了你一会儿。他的鼻孔因为恶心而大张。接着他拿下对讲机。"二—零—五，二—零—五。"他说，"你不用理会罗杰斯路的那通呼叫了。只是个小孩，有点头晕并晕了过去。现在已安然无恙。"他说着朝你眨了眨眼，你却不太明白原因。看他这么容易被愚弄，你都有点鄙视他。

警察继续说着话。"告诉你件事，"他接着说，"今天下午我都不用喝咖啡了。见过你那样躺着以后，我一整天都会精神抖擞。我是说，见鬼，我们确实还有另一个死去孩子的案子要处理。"

听到"另一个"三个字，你的耳朵竖了起来。去年春天，萨曼莎·麦雷，和你上同一所小学的九岁姑娘，被发现赤身裸体地挂在高尔夫球场的枫树上，脖子上绑着一段晾衣绳。事实上，就在她被杀前的几个礼拜，你还在公车站遇见过她。她是个吵吵闹闹、无所畏惧的小姑娘，笑起来声音嘶哑，令人侧目。那天下午，据她无限懊悔的哥哥说，她试图把几个男孩的裤子扒下来，还大声咒骂着取乐。她生前是个带劲的姑娘。

你还没有过初吻，但你已经开始为性担忧。只比你大两个年级的孩子们，已经在体验了。当你听说杀死萨曼莎的人在把绳索套在她脖子上之前强奸了她，你想到的却是：起码她死时不再是处女——这念头甚至没法告诉你最邪恶的朋友。

你迫切地想开口说话，避免独自想着萨曼莎被谋杀的事。你把猎豹的传单给警察看。"你听说了吗？"你说，"有头猎豹在附近跑来跑去。"

他接过传单，仔细看过。

"有人把它当宠物养。"你说。

"是这样啊，我不明白有谁会在家里养这种东西，但我可以明确告诉你一点：他们很可能是危险分子。"

"毒贩子。"你说。

"很可能。飞车党，也有可能，"警察说，"我发誓，这整个地区都在改变。你就是再也弄不明白了。过去这是个很不错的小镇。现在它正变成那种什么都可能发生的地方。"

他把传单还给你。你把手伸向车门。"好吧，多谢了，"你对警察说，"我可能得走了。我爸爸很可能想知道我在哪里。"你拉了下门把手。锁上了。

"噢，你哪儿都不能去，朋友。"他说话时带着严厉的疼爱语气，让你很不自在，"我开车送你。要是你再摔倒，敲到脑袋，我就真有麻烦了。"

他把警车开上车道，汽车向前开去。迎面而来的杂乱荆棘和树枝擦着汽车，发出断断续续的声响。

"多谢，"当房子映入眼帘，你再次对警察说，"谢谢你送我回来，以及所有的一切。"

他把车开向树叶粉碎机，你继父背对你们站着。"那是你爸爸？"他问，"或许该和他谈谈。"警察说。你不希望他这么做，但你无能为力。

你和警察一同走过草坪，向你继父走去。草坪种满一种特殊的野草，你一碰它的种子就会炸开。细小的云雾在警察闪闪发亮的鞋子边爆炸，落在他的裤腿边里。你继父继续朝粉碎机里放着树叶，直到警察走到离他三步远的地方。接着他转过身来。他眯起眼睛打量警察，然后打量你。他汗如雨下，赤裸的胸口上那些毛发都蜷成深色螺纹。他关掉粉碎机，看起来敌对而困惑。

"你是谁？"他问。

"我是布莱德斯警官，先生。我刚才开车经过的时候，发现你的儿子躺在车道上。他着实吓了我一跳。"

"嗯，"你继父转向你，眼睛周围的肌肉紧紧绷着，"你躺在车道上做什么？"

"我不知道，"你说，"我只是觉得头晕接着就醒过来了。我猜是昏过去了。"

"那些邮件撒了一地，他就面朝下躺着，"警察说，"我不知道发生了什么。他吓了我一跳。我还以为他被枪击了。"

"可能你坐在地上然后睡着了,"你继父过了一会儿说,"可能就是这么回事。"

"我没坐下。"你说。即便有个警察和你并肩站在草坪上做证明,他似乎还在质疑你的故事。"我倒下了。"

你继父用拇指和食指扭住你的下巴,来回转着你的脑袋,好像那是他准备购买的商品。

"你一定摔得很轻,"他说,"当你昏倒的时候,会重重摔倒。你没一点伤痕。"

"我不知道自己是怎么摔倒的,"你说,"我又没在旁边看。"

"好啦。进屋去,马上。"你继父说。

但你没有动。你不想这么做。太阳滑进一片云朵后面,有什么事——你不知道是什么——即将发生。你感觉到了,所以你站在那里,拿着邮件,杂志尖锐的边缘抵着你的下巴,最近刚有一根珍贵的毛发从那里斗胆挤了出来。

"我发现他,真是不幸中的万幸。"警察说。他似乎想方设法要从我继父那里获得一次握手或是些感谢的话语,你为此可怜他。"谁知道呢?有人可能快速开过去,碾过他。这真是运气。"

"是啊,万幸。"你继父说,然后他朝你转过身来,"进屋去。等你妈回来。"

但你保持不动。接着,在晾衣绳后面的树林里,你听见有一根树枝折断了,还有什么庞然大物在树影中扭打的声音。你的呼吸变得急促。你闭上眼睛。想象着,那头猎豹,当它跃过草坪时肩膀上下起伏。

"嘿,"你继父开口,轻轻拍着你的脸颊,"你这是怎么啦?又要昏过去?"

别回答。听着。别动。

你眼中的门

我女儿，我在她家的第一个晚上，就想让我陷入恐慌。甚至还没等我喝完汤，她就非常兴奋地拿过来一沓照片。她把它们装在一只塑料文件袋里，所以遇上洪水都会安然无恙。照片里都有些什么让她如此小心翼翼？有人倒毙在夏洛特公寓前的街道上，胸口中弹，是个大约十八岁的黑人。"看见了吧，爸爸？就在这儿，看见血从他嘴巴里滴下来没有？我发现他的时候，他刚死没多久。"

"那又怎样？"我对她说，"就是个死人。我认识他吗？这周遭的可怕事情还不够多，我要看这个？"

但我女儿太为她这些照片激动了，她迫使我看了每一张，一直看到警察和救护车司机抵达，用防护栏破坏了她的拍摄角度。"接下来就没什么好的了，"她耷拉着嘴角说，"你什么都看不到。在我可以亲眼看见尸僵之前，他们把我挡了出去。"

"你已经看见太多了，夏洛特，"我说，"你完全不该看到的，结果你转头又把这些给我看。这就是你让别人感到受欢迎的方式吗？"

她拿起那沓照片重重敲着桌面把它们整理好，然后把它们放进塑料袋。"我只不过想说，这里不比波茨维尔。你得小心些。"

"我不怕这地方，"我说，"我见过世面。我也做过几件踩线的事。"要说我怕什么，那就是我女儿，一个成年女人在发现有人死亡后，做的第一件事情是拍了一百张照片。我什么都没说。夏洛特单身，但她结过一次婚。我们大张旗鼓地给她操办了一场带燕尾服和白色豪华轿车的愚蠢婚礼，还有个风笛手走来走去。她的婚姻持续了十个月。从那以后，夏洛特开始上一个又一个学校，搜集各种学位，最新的一个是公共健康类的。我没见她有再婚的打算。她四十一岁了。她的脸还有些漂亮，但她已经变成那种腰带下束着很多负重的女人。

"我真不想这么说，爸爸，但你太天真，"她说，"这城市到处都有事端，你永远都不会知道发生在哪里。这是个有风险的地方。"

"那又怎样？我就整天待在家里，为我的生命担惊受怕？"

"当然不是啦。还有很多好地方你可以去。纳什维尔街上有个明茨中心。那里有游戏玩，还可以打牌，我想他们会为你提供午餐还不收钱。"

"我会去见识一下,"我说,"那里有什么样的姑娘?"

"年纪大的,我猜。"她说。

"我不介意,"我说,"或许我可以去献点殷勤。给我自己找个不错的女朋友。"

"噢,是吗?一直在研读教你怎么搭讪的书?把你的花招都记下来了?"

"见鬼,没有,"我说,"我没有什么花招。我的花招就是好好做人,找个情投意合的。或许你该试一下。"

我女儿转过脸去,把什么东西从她粗壮苍白的手臂上挖走。夏洛特不喜欢听到有关我和女人的事。她把我带到这儿来的唯一原因就是一段罗曼史。我在波茨维尔和一个西班牙小姑娘厮混。我女儿觉得我对她浪漫过了头。那又怎样?我妻子已经去世七年,身边又没别的人。

我继续吃饭,这让夏洛特把手指塞进耳朵,看着自己的大腿喃喃自语。

"你怎么啦,甜心?"

"你还有你的汤。你告诉所有人吃饭时不要发出声音,但我就算努力也没办法和你吃得一样大声。"

"好吧,算啦,"我说,"我吃甜点。"

"有一点黄油核桃冰激凌。"她说。

"有好时巧克力酱吗?"

"我想有。"

"我的那份要加点好时酱,麻烦你了。"

她拿过我的盘子走进厨房,高跟鞋一路发出巨响。在这间公寓里,一切听起来都吵闹而怪异,那是因为尽管夏洛特已经在这住了两年,却没买多少家具,也没铺任何地毯。

透过开着的窗户,街对面的敲门声听起来更密集了。有个男人站在高层的阳台上,正用力砸门。我打开轮椅上的制动器,调了个头,好看得更清楚些。他显然猛烈敲打了一会儿,但是没有人来应门。当夏洛特回来的时候,那男人气愤得不行,很用力地敲打着顺房子边缘往下走的下水管道。这举动吓跑了一排停在电线上的绿色小鸟。它们聚集在空中,发出嘶哑的叫声。很显然,这个男人以前曾屡次这样敲过门。下水管道已被敲得七零八落,像被捻熄的香烟一样弯曲褶皱。

夏洛特把冰激凌放在我面前。

"瞧那个傻瓜,"我说,用我的勺子指着那个男人,"他一定把他老婆给惹毛了。她让他在外面像混蛋一样敲门,而不让他进门。"

夏洛特微微窃笑了一声。"啊。真凑巧。才不是什么老婆。我们这个不寻常的邻居,"我女儿用郑重而轻蔑的嗓音说,"是妓女。"

"夏洛特,"我说,"那个女人怎么惹到你了,你要在背后这么恶语中伤?"

"我没有恶语中伤,我实话实说,"夏洛特说,"她靠与男人上床为生。看着吧。全天二十四小时,她那里都有男人进进出出。"

似乎是为了验证她的话,这时门打开了一道缝隙。男人停止了捶打,溜了进去。街道回归寂静,绿色小鸟们重新回到电线上。

第二天,夏洛特去上课,我则待在屋里。我没法去明茨中心。这对我来说太麻烦了。尽管夏洛特说过要让房东过来给台阶铺上斜坡,但没能做到。事实上,我不是真的需要轮椅。我喜欢轮椅只是因为它能节省体能,我的体能。我是这么看的:如果我要做的事不过就是从我坐的地方站起来,走到另一个地方再坐下,那或许还不如一直坐着。

我记日记。上面除了天气,我什么都不写,关于天气,我也不会多说什么。"暖和,晴朗。"大约就是我写的篇幅。我用一小套水彩画工具画天空。不会画所有的东西,大约只画扑克牌大小。以前我会在日记里写更多的话,但当我回过头去看我写了什么的时候，我发现我成了报道自己生活的猥琐记者，净说些不愉快的事：我什么时候和太太吵了架，或是我给了女儿多少钱，或是有一次我在餐厅吃饭的时候，一个女人突然发病，从椅子上摔了下去。于是我不再写字，决定一直都只画画和记天气。它算不上什么日记，但起码，很精确。

大约正午的时候，我带着画具到了门廊上。阳光照着我的脸，我吃掉了夏洛特留给我的三明治、意大利咸腊肠和芥末酱。然后我开工。那天的天色非比寻常。空中发生了太多状况，我不得不画了三张画才记录下这景象。电线以上的部分极为容易：只是一片蓝色。但靠近密西西比河的下半部分，是一片绿色的暗影，里面有疯狂的闪电，这需要用点脑筋和细心才能画得形象。第三张画的是一缕缕黑雾凝集到一起的地方，雨云在那里飘向蓝天。

我想必花了一个小时完成我那三幅小水彩画，在这段时间内，三个男人拜访了对街楼上的那间公寓。其中有一个是消瘦的黑人，戴着越南式的草帽。或许那个女人不喜欢他的打扮，因为那顶帽子或是什么原因，她让他重击了大约十分钟下水管道才开门。第二个客人是个年轻的白人小伙子，穿着松垮的短裤，露出粗壮的粉红色小腿。她根本就不让他进门。我觉得这表明这女人是个有意思的人。她不是什么人都接。她还有某种是非好恶。第三个人是穿制服的警察，他一分钟都不用等。我兴奋起来，盘算着他会把戴手铐的妓女拖出来，我终于能看见她了。但是没有，十五分钟后，这狗娘养的自己出来，开车走了。如果我是个得体的人，我就该记下车牌号码然后打电话到警察局举报。但据我所知，这个该死的部门全都在做类似的事，我如果打电话，只会带来麻烦。无论如何，我对这个女人仍旧非常好奇。每次有访客，门就会打开，男人消失在门内，一点看不到女人的样子。我一次都没看见她的手，这让我沮丧。就像看风。你觉察到动静却看不到。

警察离开后，我等着别人上门，但没人来，所以我进屋午睡。快要天黑的时候，夏洛特回来了，我们叫了中餐外卖当晚饭，然后夏洛特说她要去上舞蹈课。为了让我有点事做，她从图书馆借了几盘录像，《荆棘鸟》，我已经看过了。夏洛特去跳舞了，我不知道该做什么。我给索菲亚打电话，就是那个我在波茨维尔认识的姑娘，但没人在家。

九点过一刻的时候，我上床睡觉。我睡着后，梦见了一段真实的回忆。我梦见了克劳迪娅·梅斯纳，我中学时代的一个狂野女孩。有一次，她说她想要我在墓地吻她，我说好。于是我们去了一块墓地。她选了一块又大又漂亮的墓碑，我坐在上面吻了她。她的嘴巴带着她刚吮吸过的黑莓糖的味道。过了一小会儿，一个年轻人开车来了。他说,嘿,你们两个不能在这里接吻。

关你什么事?我说,态度很强硬。

见鬼,我才不在乎,他说。但那是我叔叔的墓碑,我婶婶看见你们两个在这里,她都快疯了。她让我来叫你们离开。

于是克劳迪娅和我去了公路边的一小片树林,躺在藤蔓中,直到我们的嘴唇发疼。这对我来说是很美好的回忆。但我没能把这梦做全,因为我女儿从舞蹈课回来的时候,她把脑袋探进我的房间并说:"嘿,爸爸,我回来了。"她从小就这么做。我的房间里很暗,我还满脑子都是克劳迪娅。我说:"你好,夏洛特。我想让你见见克劳迪娅,她和我一起躺在床上。"

夏洛特什么都没说。她只是打开明亮的顶灯,看着我在床上眨巴眼睛,然后又关了灯。

我在夏洛特家度过的第一个星期和第一天大同小异。早上,我女儿会去上学,留下一个三明治给我。我没事可做。水彩画以及观察对街的那个女人——这些就是我的工作。后者维持着前者。我在门廊上打发好长时间,进行艺术创作。我不仅仅画我那些天空样本,还画我能看见的一切:电线杆上那些超级复杂的东西(在这个到处沼泽的小镇你没法把电线埋到地下),小房子,街道上一个巨大的坑,人们往里面填满垃圾,里面还伸出根扫帚警示司机。我画了排水沟里一只很大的死老鼠，胀得好大，你能看见它的皮在毛发间闪闪发光。附近有一群美国秃鹰偷偷溜了过去，没理那个尸体，像是在说："我们知道我们吃可怕的东西为生，但总有个限度。"

我不知道这个女人如何应付她所有的工作。白天黑夜，不同的男人在她门口的台阶上前脚走后脚到，但观察了三天，我还是没见到她。我要做的就是抬头瞟一眼那扇窗上挂着米黄色破布的门，我的心脏就会跳得快一些，体温就会上升一两度。她长什么样？她在那儿快活吗？有些男人带着包裹来，或许这就是她获得日用品的方式。为一只鸡或一罐豆子献身，因为她无法在超市面对自己的邻居们。在街道的这头和那头，我看着人们从他们屋子里进进出出。只有我和那个看不见的女人总待在家。很荒谬，但我感觉我和她因此有了关联。

再过四天就是周六，夏洛特说她要用当季最后的软壳蟹为我做一顿像样的晚饭。她出门去杂货店。我在门廊上时，发生了让我无法置信的事。有人试图放火把那女人逼出来。他肤色很白，夹克衫后背上绣着帝国大厦图案的闪光金属片。他先是采取寻常手段，敲击下水管，当这招不管用的时候，他掏出打火机将火焰举到门边。我本该大叫或是报警，但在我人生中我又一次当了胆小鬼。要是你为这种人叫来条子，不多久，着火的就会是你的房子。恐慌，嘴巴里泛起苦味。但我只是坐在那里，看着他，什么都不做。

那人这么坚持了一会儿，但他没法点着火。他只在门上留下长长的烟灰痕迹。最后，他放弃了努力，怒气冲冲从街上跑了，我是一起严重犯罪的目击证人，我有义务。我回到屋里，满屋子翻找能写点字的东西。我找到煤气公司寄给夏洛特的一只信封。在信封背后，我写道："你好。我的名字叫艾伯特·普莱斯。我是4903号的新邻居。我目击了有人在周二下午试图烧毁你的门。我可以描述他的长相。"我写下了女儿的电话号码，然后我从轮椅里站起来，拿过一根拐杖。我出门走进风里，风刮得很猛。我走过街道，这没问题，但通往那个女人公寓的台阶对我是个极大的挑战。当爬到最后一层的时候，我已经上气不接下气。

我原本打算把信封塞进门缝就走，但一旦到了那里，我就很难遵照这个计划行事。我已经见过那么多男人敲这扇门试手气，它就像一局免费的轮盘赌。你不得不让它转一局。我敲了门。没有丝毫动静。我再敲，敲得用力了一些。当我准备转身的时候，听见了门内的脚步声。门开了，只是一道缝隙。我只能看见一只朝外看的眼睛，它很大，美丽的浅褐色。那只眼睛有什么不对劲的地方引人关注。瞳孔放大，畸形。它向下融进浅褐色部分，形状像万能钥匙可以打开的锁孔。

"好啦,"她低声说,"你想要什么?"

我被杀个措手不及。我说不出话来,依旧大声喘着气。"我住在那里,"我说,指向女儿的房子,"见鬼,我很抱歉。这给你。"我把信封交给她。

她兴趣不大地看了看。"你还好吗?你要不要喝杯水,或是别的什么?"

"说实话,我需要来一杯。"我说。她打开门。我朝身后瞥了一眼,没人看见我,只有一条狗嗅着下水道。我走进她屋里,第一次把她看了个仔细。

她不是我原本料想的那种妓女。年纪偏大:比我年轻,但做这种营生,她年纪大了一些。她的头发已经白了,干净利落地束在脑后,和贵格会女教徒一样得体。她的面容光滑,骨骼匀称,而且没有穿任何吊袜带、蕾丝或是卧室里的装束,只是穿干净的白色 V 领汗衫和蓝色牛仔裙,展露出一部分漂亮的腿。我不知该怎么理解她。

有个小小的门厅,然后是更多台阶。我慢吞吞地走着。

"你确定没问题吗?"她说,"我不希望你在这儿摔倒。今天我很忙。"

"不,我不会的。不过,我需要水。"

她走进厨房,打开水龙头。她的房子和地下室一样昏暗阴冷，屋中央有张床，旁边有个厨房，仅此而已。桌子上有一台老旧的缝纫机，塑料外壳都泛黄了。被褥盖着床，正中间女人刚睡过午觉或是刚取悦过什么人的地方凹了下去。一株番茄站在窗口，结了一颗很大的红色果实。

她拿着水回来，我两大口喝光。"还要再来点吗？"

"是的，麻烦你。"我说。

她把杯子倒满后递给我。

"瞧，我只是想告诉你，我的名字叫艾伯特·普莱斯。我是你的邻居。住在街对面。"

"这我知道，"她说，"你一直待在门廊上好像怕有人会把它偷走似的。"

"好吧，我很抱歉打扰你，但刚才门外有个男人。他举着打火机。他试图烧掉你的门。"

她咯咯笑。"那是劳伦斯，"她说，"他认为我欠他什么，但我不欠他任何东西。"

"或许是没有，但他可能伤害到你。"

"我倒想看他试试。"她说。

"我看见他试了！"我告诉她，"他试图烧了你的房子。"

她半闭着眼睛摇了摇头。"劳伦斯喜欢虚张声势。他不会动真格的。"她点支香烟，吐出一口烟雾，又从鼻子里喷了一些出来。"你几岁了,艾伯特?"

"八十三岁。"我说。

她的眉毛抬起又落下。

"你走这么大老远过来就是为了告诉我这个?"她靠着墙,双手抱在胸前,"就为了告诉我劳伦斯的事情?还有什么我能帮你吗?"

这我得想想。我这辈子还没和妓女打过交道,除了有一次,在德国,有几个家伙偷偷带了个姑娘回军营。我想她还没十五岁,我们用尽可怕的方式对待她。

这不一样,这是个成年女人。我想过要吻她,把手放在她皮肤上,然后有个念头闪过,这或许是我有机会触碰到的最后一个女人。这意味着什么呢,我寻思着,这辈子再不和女人打情骂俏?

我的呼吸声是屋里最响的声音。我觉得不太稳定。"能坐下吗?"我问她,"我能坐在你床上吗?"

"我不介意。"

"你叫什么名字,小姐?"我心跳的声音都盖过了说话声。

她用手指抚摸着喉咙,半闭着眼睛打量我。"卡罗尔。"最后她说。

我伸手把杯子放到桌上。我的手在颤抖,所以放下的时候发出很大声响。

"这名字很美。"我说,其实并不真这么觉得。

"谢谢。"她说。我能看见她的汗衫下面没有穿内衣。

"好吧,卡罗尔。你过来坐我旁边怎么样?我只想在这里躺一会儿。这是什么价钱?"

她的下巴狐疑地探出来。"你他妈在说什么啊,艾伯特?"

"我要的不多,"我说,"只想躺在这里。现在,我口袋里有二十块钱。我把它给你。付二十块钱只为休息一会儿。对我来说,这似乎是个很不错的买卖。"

卡罗尔发出一连串大笑,声音真是悦耳。我都不记得自己上次让别人这样大笑是什么时候。当她终于能控制自己的时候,她说:"等一下,艾伯特。你以为我是个妓女?"

我什么都没说,她又笑开了。

"妓女,"她捂着嘴嘟囔道,"这会杀了格兰达。这会让格兰达笑死的。"

"什么?"

"付钱让我和你躺着,"她用手掌擦拭着眼睛,"算你运气好,我很随和,艾伯特。绝大多数人,要是听你这么说,你麻烦就大了。"

"要是你不想,那是你的事,"我说,有一点怒了,"只是请你别把我当傻瓜对待。我看见男人在这里进进出出的。"

"艾伯特,你全他妈搞错啦,"她说,"我不卖身。"

"你不卖?"

"见鬼。我卖药。"

"哦,上帝啊!"

"该死,街上每个人都知道。我卖给所有人。就算街角那些住大房子有大铁围栏的人也卖。"

我伸出一只手捂住脸。"哦,天啊。我道歉。"

"没关系,"她说,"你弄混了。"

"哦,天啊。"我说。

"没关系,"她说,"既然你现在已经来了,艾伯特。告诉我,你想要什么样的?我有安眠药、维可丁、赞安诺,可以调解情绪。都是从墨西哥运来的。比你到瓦尔格林①买更便宜。"

"我不需要那些东西,"我说,"水就是我的药。不用别的。"

"我有一些温和的烟草。能让你胃口大开。你要是想在这里住下去,就应该增加点体重。这小镇不适合皮包骨的人。这是大个子的地盘。"

我想了想。"你说的是大麻烟吗?"

---

① 美国最大的连锁药店。

"啊哈!"

"那么,我说啊,我就问你买根大麻烟吧。"

"一根?"

"当然,"我说,"就一根。管他的呢!"

"得啦,艾伯特。你不会只买一根吧。我还有账单要付。"

我掏出钞票。

"这可以。"她说着拿了过去。她把手伸到床底下,掏出一只装着一袋袋大麻的塑料罐子,并从一只袋子里捏了一点出来。然后她坐到床边的椅子里。她没有卷烟纸,就掏空一支香烟,开始小心翼翼地把那东西塞进被掏空了的脆弱的香烟纸管。

"我能问你个问题吗,卡罗尔?"我问。

"这要取决于你问什么。"她说。

"你的眼睛怎么了?"

"它不太好使。我只能看见光线和黑暗。"

"当然,但是发生了什么事呢?"

她静默下来。"冲击力,"过一会儿她说,"视网膜脱落。"

"那么,是什么让它脱落的?"

她叹了口气:"事实上,是颗子弹。来自一把点 22 口径的手枪。我丈夫击中了我。反正他们是这么说的。"

她把烟递给我。对于二十美金来说,这支烟性价比不高。"你来点上，卡罗尔。"

她耸了耸肩："我要吸一点点。"

她用火柴点着烟，深深吸了一口。

"那你是什么意思，'他们这么说'？你不认为是他朝你开的枪？"

"说实话，很可能是我干的。我似乎记得那枪曾在我手里。"

"我要说，作为一个脸上中过枪的人，你看着很漂亮。"

"哎，事情发生的时候我看着可不漂亮。我的眼睛肿得像只篮球。你知道在医院他们怎么把你架在床上吧，我那样坐着，血这样流下来，流过这里画出一个完美的十字。他们把所有的护士和医护人员都带来看那个十字架，仿佛是个奇迹。但我在那家医院里想的不是上帝，现在我也不会想到他。"

她把香烟递给我。我用力吸了一口。"你在想什么呢？"我停止咳嗽后问她。

"我就想着被枪击这事。你不过被一个小东西碰了下，只不过它碰到你的时候非常快。如果它来得很慢，你一点事情都没有。唯一要紧的是速度。"

屋里很安静，接着我说："你中过枪，真有意思。"

她朝我扬了扬眉毛："是啊，真他妈有意思。"

"不，我是说，这是我们之间有趣的关联，卡罗尔。我也中过枪。"

"没瞎说？"

"没瞎说。在德国。战争时期。这儿。"

我把衣领拉到一边好让她看见伤疤。它似乎吸引了她的注意力。她探过身来，手指摸了好几下伤疤，非常轻柔。然后她拉上我的衣领，用手指整理好。

"德国人打中了你？"

"不是，"我说，"是我自己的士官。战争快结束了。我们没剩下多少装备，没有炮弹和重型武器，但出于某个原因，他要求我们越过易北河，所有的战斗都在那里进行。我说，如果我们没有炮火的掩护就过河的话，就太蠢了。突然，在我身后，一支手枪响了，击中了我。我说：'上帝，我还活着吗？'等伤口愈合，杜鲁门已经扔了原子弹。"

卡罗尔朝我微笑。她的牙齿雪白而整齐。"你有宗教信仰吗，艾伯特？"

我试图考虑这事，但我无法集中思绪。大麻让我变了个人。我耸了耸肩膀。衬衫的布料在皮肤上留下全新的感觉，为了这种感觉，我又耸了耸肩膀。

"当然了，"最后我告诉那个女人，"上帝是个很好的人。我喜欢他。"

这话让卡罗尔笑靥如花。

"你说得对,"过了一会儿我说,"这迷幻药确实让你特别想吃东西。"

"你饿了?"

"哦,是啊。"我说。

"喔,别看着我,"她说,"现在我没法做饭。今天我很忙。"

"那个呢?"

"哪个?"

"那只番茄。我们可以吃它,"我说,"它看起来熟了。"

"你想吃我的番茄?"

"当然。"我说。

她伸手把番茄从藤上摘下来,递给我。

"你不来点?"

"不啦,"她说,"忙着呢。"

我咬了一口。很好吃,满是浓烈清新的番茄藤味道。好多汁水流出来,卡罗尔让我停下,去拿毛巾。汁水流过我的下巴。我感觉胡子因此变重了,但我并不在意。

快吃完的时候,卡罗尔示意我到开着的窗户边去。夏洛特回来了。她站在门廊上,就在我的空轮椅旁边,手里抓着装螃蟹的白色纸袋,左右扫视着街道。

"那是你女儿？"

"是她。"我说。

夏洛特大声呼喊我，吼声响得像扩音器。

卡罗尔好似没听见。她举起我们剩下的那截香烟。"你还要再来点吗？"她问。

"不了，谢谢。"我说。

她舔了舔手指，把烟掐灭，然后放进嘴里吞了下去。

楼下，夏洛特又大喊起来。"你不去处理一下？"卡罗尔问。

我把手放在窗台上，把整个脑袋伸进午后。风吹过我嘴唇和下巴上的潮湿，带来一阵凉意。"嘿，"我朝我女儿喊道，"嘿，夏洛特，看这里！"

狂野美利坚

猫脖子上的铃铛将她唤醒。它带了点东西给她：一只从巢中偷来的小鸽子，皮开肉绽，落在杰茜的枕头上。那东西是粉红色的，几乎半透明，鲜红的脸颊上，眼睛四周围着深紫色的椭圆形痕迹。它看着像块没煮熟的橡皮，梦想某天要沦为娼妓。杰茜短促地尖叫一声，然后起床跑进浴室，关上门把猫锁在卧室里。她希望再看到那只鸟之前，猫已经将它吃掉。

七点三十分。她妈妈应该在药房数药片，直到晚上八点。这样的话，杰茜就要和她的表妹玛雅度过一整天，她要在这里住上一周。四天前，玛雅从山区过来，她要去上州里专门为最优秀的青年舞蹈演员们设立的免费政府学校。在杰茜看来，玛雅已经住得太久了。孩提时代，她们会开开心心地一起度过整个夏天。她们俩搭档度过了夏令营的磨难，从山里的池塘偷蝾螈，从夏洛特镇的药房偷巧克力和口红，后来又从玛雅郁郁寡欢的母亲那里偷酒和止痛药。她们一起尝试了彼此的初吻，只为了练习。有一年夏天，杰茜十岁，她们吃下彼此膝盖上结的血痂，以此发盟誓说有一天要在夏洛特海滩的连体房屋里奉养彼此的家人。

但青春期来临，驱使两个女孩朝不同方向各奔前程，血痂午餐结下的契约也就不值分文。

差三个星期就要十六岁的玛雅，已经长成五英尺十英寸的瘦高个，拥有人人赞颂的体态和芭蕾舞者的声名，而杰茜依旧长着油亮的下巴和前额，身材像泡菜罐头。玛雅常常为鲁道夫·努里耶夫①长吁短叹，说什么爱上一个死去的人是多么艰难。她借用纽约评论家的句子来表达她对自己那门艺术的担忧："要在精准与激情间寻找平衡，并不容易。"——这话对杰茜来说像鲸鱼唱歌那么难理解。她为膝盖和脚踝里的珍贵软骨焦虑，说什么："要是不得不重新做回模特，我永远都不会原谅自己。"——她已经在当地的发行物中为一系列百货公司代言。

倒不是说杰茜缺乏自己的天赋。她的歌声充满自信，磁性的女低音从不走调。在轻狂的初中时代，她曾演唱过赞美诗《草莓酒》，歌声饱含那么多孤独和渴望，让长得像白发滴水兽的体操老师都抹了眼泪，他可是除了"肌肉靠收缩才能运动"，不曾说过任何感性话语的人。那又如何？你没听过杰茜喋喋不休地说曼

---

① 鲁道夫·努里耶夫（1938—1993），苏联男子芭蕾舞大师，二十世纪最伟大的男子芭蕾舞大师。

哈顿和纳什维尔很快将对她求贤若渴。不，她计划刻苦学习，找个和药房或是和理疗有关的工作，要是她找到个弹得一手好吉他的老公，她可能会在家里偶尔唱两句。当玛雅被上天垂青，高高跨越生活的艰难险阻，杰茜并不羞于成为一块坦诚的小卵石，莽撞地滚过丛生的荆棘。尽管这很可能是表姐妹俩共同度过的最后一个暑假，玛雅却无礼地表现出她对和杰茜相处兴趣不大。目前为止，玛雅拒绝和她表妹一起做的事情有：去购物中心溜冰，看电影，参加两个街区外的秘密啤酒派对，观看志愿救火队队员点燃一间被废弃的房子然后再将火扑灭。玛雅似乎将夏洛特地区所有的景点都看作无趣沉闷的偏僻森林地带：而她的家乡只有铁轨、二十来个乡下人和工匠以及几条狗。对于这种人，你还能怎样？在她周一离开这里去上舞蹈学校前，你没法对她说一句好听的话，这正是杰茜下楼时决定要做的事情。

被阳光照得暖洋洋的屋子里，杰茜摊开手脚躺在长椅上。坐垫被晒得暖和又带点霉味，闻起来舒服极了。杰茜打算高高兴兴躺在这里，直到父亲晚上回来带她出去吃晚饭。每两个星期，他会开车过来看她，他和妻子住在南松镇。父母亲离婚五年以来，杰茜依旧没从对父亲烈火般燃烧的敌意中恢复。两年前，在他们关系最糟糕的时候，杰茜试图用一把美甲用的锉刀刺伤她腼腆的父亲。消息传播开来，时至今日，杰茜的远房亲戚们还把她看作令家族蒙羞的神经病，注定要陷入潦倒并做出不体面的事，但杰茜却是个有责任心的好学生，四学期以来，成绩单上不是 A 就是 B。她不会再对父亲做出暴力的举动。当乐趣消逝，憎恨成了件劳神的事，现在她已缺乏那种心力。不管怎么说，她父亲确实没犯什么错误，除了和一个声音沙哑的高个子女人再婚，她爱穿和她那副将军仪态很搭调的马镫裤。杰茜期待在今晚看到她父亲。她希望能说服他带自己去"吹牛老爸餐厅"吃饭，这样她就能吃到心仪的法式鸡肉丁。

杰茜打开电视。调过高尔夫节目、高尔夫节目、《妈妈的家庭》，然后是《狂野美利坚》。主持人马堤·斯塔弗总是忙着把什么都不戴的双手放在各种来自大自然的恶心东西或是奇妙东西上：今天是一簇刚从麋鹿角上蜕下来的"天鹅绒"，里面还留着血管。看来就像谋杀现场的地毯。

"瞧瞧你，小懒猫。"十二点一刻，玛雅进屋的时候说。她展示着最新的着装风格：史蒂薇·妮克丝[①]那种如梦似幻的薄纱围巾和披肩。一手拿着手帕，一手拿着盒"优势"牌香烟。玛雅公然吸烟。没人因此找她麻烦，因为在她从事的职业，香烟被视作维生素一样的存在。玛雅打着呵欠，开始把头发环成一个结。浓

[①] 史蒂薇·妮克丝（1948— ），加州知名乐团佛利伍·麦克（Fleetwood Mac）的灵魂人物。

密的头发垂到她腰下，她经常为之抱怨，并扬言准备把头发捐献给为癌症病人制造假发的公司。真的，玛雅身上层层叠叠的蛛丝和她在道德层面还有些剩余价值的头发总在香烟旁晃来晃去，没着火真是个小奇迹。

"我床上有只死掉的鸟。"杰茜说，眼睛没有离开电视屏幕。

玛雅露出嘲讽的表情："这是什么意思，什么东西的代号吗？"

"代表一只在我床上的死鸟。"

"真的？现在吗？"

"对啊。"

"什么样的鸟？"

"恶心的那种，"杰茜说，"一只又丑又潮的幼鸟。"

"我能看看吗？"

"不行。"

"为什么？"

"司各布斯和它一起关在房间里，所以不行。等它把鸟吃了，我才放它出来。"

"你可真聪明！"玛雅说。

"和什么比呢？"杰茜问。

玛雅一副没得逗的样子。她从喉咙深处发出一声古怪的声响。杰茜带着一丝欢欣想，玛雅已经感觉到了自己的冷淡。仿佛突然着了凉，玛雅一连打了好几个喷嚏。"抱歉，"她说，"这里有些东西真是让我鼻子不舒服。"

杰茜把所有频道都调一遍，然后回到斯塔弗的节目，他依旧举着那块可怕的天鹅绒。"那就该屏住呼吸，我想。"

"好吧，"玛雅说，"你就把它留在那里？那只鸟？"

"是啊。"

"如果需要的话，我可以帮你把它扔出去。我不在意死掉的东西。"

"司各布斯正在处理这事呢。"杰茜说。面对玛雅突如其来的和善，杰茜觉得自己很幼稚。"嘿，你饿吗？"

玛雅说她很想吃点东西，杰茜走进厨房做了顿两人份的丰盛午餐。她用叉子把切达干酪放进鸡蛋里，又用黄油刀从冷冻柜底层的冰格撬出一块灰色的牛排。她哐当一声把牛排扔进平底锅，把火开到最大，一直把肉烧到弯曲冒烟，然后她把壶中的红酒倒在上面。

"哦，我的天啊！"玛雅对着她的盘子呻吟道，尽管她要的那块牛肉不比多米诺牌大多少。"杰茜，这真是我吃进嘴巴里的最好吃的东西。"

"还有很多。"杰茜嚼着满嘴美味的肉说。

"噢哦，最好别再吃了。"玛雅说。杰茜原本会将这拒绝当成冒犯，但玛雅曾自鸣得意地透露过，尽管她那么爱红肉，但吃了以后会坐在马桶上起不来。杰茜开开心心吃完牛排，而玛雅则一口口咬着她的早午餐：涂着薄薄一层腰果酱的燕麦饼干，她特意为山区之旅准备的食物。

四十五分钟的时间里，姑娘们以友好的姿态躺在长椅上，谈论着彼此母亲的习惯，两位母亲都是单身女性，还谈起彼此父亲的缺点和他们的妻子。她们谈论摇滚乐、洗发水，一种超级棒的新品牌红酒冷藏柜，在好一点的商店会有售。接着玛雅瞄了一眼她近来很喜欢的黄铜怀表。她说："啊，见鬼。杰茜，你觉得琼阿姨会介意我打电话到查尔斯顿吗？我必须打。我可以留几块钱在这儿。"

"谁在查尔斯顿？"

"噢，那个叫道格的家伙。"——一个男模特，玛雅解释说，去年春天和他一起在海滩拍过照，为香桃木海滩上的"大棒冲浪店"做广告。玛雅把手伸进总是带在身边的危地马拉包，从里面拿出一张照片，照片里是一个皮肤晒得黝黑的年轻人，戴着贝壳项链站在沙滩上。牙齿白得看起来像假的，大眼睛水汪汪，像毛发黝黑杂乱的骡子才有的眼睛。他如此漂亮，杰茜不得不看了下照片背面，确定照片不是从杂志里剪下来的。

"这是你男朋友？"杰茜说。

"他这么认为，"玛雅说，"他来看过我几次。他想在八月带我去看'火人节'①。他总是和我说，等我十六岁了就去内华达结婚。我都不记得多少次告诉过他不行，但他总是故意装糊涂。他真是讨厌。"

杰茜仍旧攥着那张照片。"该死，玛雅。有人为了嫁给长得像他这样的人，断腿都愿意。"

"绣花枕头一个，傻瓜道格，"玛雅叹息着说，"那天，我告诉他想去苏里南参加和平队，他却问我非洲还有没有老虎。"

在杰茜看来，玛雅自己某些地方也很无知。你不能因为一匹赛马的法文说得差而贬低它。但杰茜什么都没说，因为她也不知道苏里南在哪里。如果非要她猜，她会说它和越南战争有点关系。

玛雅的目光从杰茜身上移开。"但其实，这不是我必须甩掉他的原因。还有别的事。"

"什么事？"

---

① 即 Burning Man，是在内华达黑岩沙漠举行的狂欢节，为期八天，艺术家、嬉皮士、雅皮士齐聚一堂，高潮是众人在空地上围成一个很大的圈，燃烧一个12米高的木制男人雕像。

"是秘密。你必须发誓不会说出去。"

"当然。"杰茜说。

"什么人都不说。甚至那个叫什么来着的,丹娜。"

"我们已经不是朋友了。"

"甚至不能写到日记里。如果琼阿姨发现了,我就真的死定了。"

"该死,我真不会的。你就告诉我行吗?"

秘密是:玛雅在和罗伯特·派迪格鲁秘密交往,他是州演艺学校的副校长,就是玛雅下个礼拜要去的那所学校。去年春天,玛雅在莱诺尔举行的一场全国性的比赛中认识了派迪格鲁。他们一直保持通信,他的信件证实他是个真诚而善良的人,除年龄差距之外,玛雅形容他"完全能和我的世界沟通"。

"多少岁了?"

"他刚过三十五岁。"玛雅说。

"老天啊!你是说三十五岁吗?"杰茜大叫。

玛雅的脸变得冷漠而阴郁。她拿起香烟。"当我没说。傻了才告诉你的。"

"听着,玛雅,我不是要让你生气,只不过,我的意思是,三十五岁!"

"对我说三道四好了,我才不在乎呢,"玛雅冲动地说,"这是我和罗伯特之间的事，据我所知，让别人见鬼去吧。年龄不过是个标签。我们的共同点在于，我们都有苍老的灵魂。"

"才不是呢。"

玛雅叹息道："我爱他，杰茜。"

这句话没有获得回应。杰茜自己的父亲还不到三十七岁。

"他只是打开了我内心的这些房间，"玛雅说道，"好像他了解那个连我都不了解的自己。"

杰茜暗自感到一阵恶心，咬紧牙关时上排的尖牙敲在下排的尖牙上："上帝啊，你们可曾，我是说，你们到底有没有……"一个年轻女孩被一个三十五岁的艺校副校长压在身下，杰茜可无法为这种事找到体面的说法。

"我们是不是情侣？"

情侣——牙齿又咬在一起。谁会这么说？这词让人联想到那些在天鹅的注视下，成双成对出现在花团锦簇的凉亭里的人。"那你们是吗？"杰茜问。

"罗伯特想等到感恩节，等到我十六岁。"

"等得好，我要说。我觉得你放弃道格真是疯了。"杰茜凝视着照片，用手指捋着头发，"苏里南。要是他在地球仪上找不到这个地方，我带他去。"

玛雅对着茶杯咯咯笑，声音像笑进洞穴里去似的。"好吧，欢迎你带他去，杰茜。我怎么还能忍受在电话里和他交谈呢，打从和罗伯特交往后？知道恋爱会是什么样子后？即便和道格聊天都让我觉得寂寞得不行。当他说话的时候，只是些声音而已。就像是贝壳里的声响。"

"瞧，我爱这种声音！它让人心旷神怡！"

"那你们两个会是绝配。"

"是啊，只不过他才不会喜欢上我。"杰茜说。

"相信我，杰茜，能拥有你算他走运。"

"那是当然。"

"为什么不是啊？你很漂亮。你很火辣。我愿意用一百万美金换你的眼睛和你可爱的雀斑。相信我，你自贬身价了。他甚至都听不懂你的笑话。你立马就会腻烦。"

"这不可能。"杰茜说。

"那你和他去狂欢节。和道格过上四天会让我生不如死。真的。"

"我愿意立马去死。"

玛雅带着颤音大笑起来："棒极了。那你可得尽全力保释我。"

"不，我是认真的！"杰茜说，现在她交叉双腿，笔直地靠沙发床坐着，兴致高得几乎颤抖起来。"我说话当真。"

"好吧，好吧。到时候别吞了你的舌头。无论如何，我真的需要给他打电话。你觉得琼阿姨不会介意吧？"

杰茜觉得有些眩晕。"见鬼，不会的！"她说，然后跑去拿无绳电话。

玛雅看起来有些困扰，因为当她往查尔斯顿打电话的时候，杰茜凑得特别近。但杰茜一时被幻想迷了心窍，她幻想要和有着骡子般眼眸、戴着贝壳的道格，穿越内华达的群山去狂欢，所以她不准备走开。她想看看玛雅要用什么诡计和手段把话题引到这上面来。先小心地拒绝他，然后找个完美的时机把杰茜推给他当替补，就是这招——像《印第安纳·琼斯》里，琼斯灵巧地用一袋沙子换走了对重量非常敏感的高台上的金像。巧妙的移花接木，只有像玛雅这样成熟、优雅的人才具备完成这种使命的天赋。

让杰茜失望的是，她只能隐约在听筒里辨认出道格沙哑的声音。她希望自己早想到要去房间里的分机上接听。很明智地，玛雅没有立即提及杰茜，而是先和他瞎扯起来。她说膝盖上被沙螨叮了一口，然后她又聊了几句杰茜不认识的一个名叫"现在和以后"的DJ。接着玛雅开始讨论为贝尔克·莱格特百货公司拍摄节假日邮购目录的事情。这时候，杰茜觉得或许应该把话题转到"燃烧的人"之旅上了。但玛雅又花了七分钟（很可能是颇为昂贵的七分钟）时间在无聊的寒暄上，最后才终于说："我告诉过你了，健忘的琼斯，我不在家。我在夏洛特附近，和琼阿姨与表妹一起！"

听到自己的名字，杰茜感到一阵激动的恐慌，以为玛雅会把电话塞进她手里。她该对他这样的男生说些什么呢？她表情夸张地朝玛雅摇手，而玛雅厌烦地看了她一眼，继续聊天。尽管玛雅在这些事情上更为专业，但杰茜觉得现在她需要一些指导。她拍了拍玛雅的膝盖。"怎么了嘛？"玛雅低声说。

"听着，就说我很风趣。"杰茜说。

"什么？"

杰茜吞了口唾沫。

"就和他说，我很风趣，很火辣。"

玛雅点了点头："喂，道格？嘿，我表妹有话要我转达。是啊。她要我告诉你，她很风趣，很火辣。"杰茜强烈感觉自己要吐了。

"她当然要我这么转达啦，傻瓜，"玛雅把手掌掩在话筒上，"他要我告诉你：多谢。"

杰茜目瞪口呆地盯着自己的表姐看了一会儿。离开阳光房时，她必须努力克制才没有冲出去。

在楼上杰茜的卧室里，司各布斯这猫咪没对那只鸽子采取任何行动。它只是弓着身子坐在枕头上，鸽子放在身边，它就准备这么幸灾乐祸地看上一整天。杰茜愁眉苦脸看着窗外，脸上的血管都快爆了。她希望有什么值钱的东西可以砸。她听见玛雅挂了打给查尔斯顿的电话，呼吸也缓了一点下来。然后杰茜拿起电话，打电话到兰德·巴顿斯的父母家找他。

十天前，杰茜和巴顿斯亲吻了。那有点算是个意外，原本，杰茜计划在秋天开学前都不和他说话。兰德的身高才刚五英尺出头，别人背后叫他"小巴顿斯"，有时当面也这么叫。八年级之前他都在家自学。他是个兴趣广泛的男孩，擅长吹长号还立志要过轰轰烈烈的一生。他的听众包括军乐队成员，在学校嗑药圈边缘玩花式沙包的小嬉皮。小巴顿斯很不讲卫生。他的眼睛流着泪，嘴角总是留着块食物残渣，你都怀疑他是不是每天晚上把它放在床头的碟子里，第二天早上再戴上。一次吃午饭的时候，他的朋友们在他脑袋上修剪了几刀，剪下来的几团头发真是藏污纳垢的神物，里面蕴含的天然油脂如此之多，在沙包场上被踢来踢去时都保持着形状。

但杰茜那天晚上在镇上和他结识实属情有可原。那天晚上，杰茜和她最好的朋友艾玲·古奇爬上了遮盖着新生教堂的木兰树，一场大雨倾盆而下之前，她们两人各喝了三罐特纯"小王国"燕麦啤酒。坏天气让艾玲跑回了家。还要等两个小时妈妈才会来接她，所以杰茜孤零零一个人在镇上，昏头昏脑，心情低落，游荡在闪闪发光的街道上，你会希望这些潮湿的街道在讲述你人生的夏季档电影中闪闪发光就好。

在停车场边，她看见小巴顿斯踉踉跄跄从灌木丛里出来。他们还不是朋友，但两年前他俩曾同组参加过课后辅导和英语班。他的汗衫上都是灌木丛中的污泥，前额上有个红色圆印子。他解释说，刚才玩"电梯"游戏的时候狠狠撞在什么东西上了，这游戏又叫"夏洛特经典戏法"，玩的时候你拼命呼吸，然后你的朋友们猛烈撞击你的肋骨，这样你不花什么钱就能兴奋得晕过去。兰德的游戏搭档们也因为天气骤变而回家了，在啤酒的晕染和雨夜气氛的催化下，杰茜牵着兰德的手带他去了天文馆，不是去主场馆，那里你要花四美金才能看到机器投射出星座，而是一个老旧又免费的去处，位于二楼的"哥白尼的太阳系"。在那里，如果你猛敲墙上的一块菱形按钮，光线就会变暗，天花板上隐藏的机关就会哐当作响，由喷着闪光涂料的泡沫塑料球们组成的太阳系就会绕着一个代表太阳的黄色派对彩灯，歪歪斜斜地运行五分钟。

她和巴顿斯在里面躺了一个半小时，敲了那块菱形十八次。亲热进行得很正式，但没有发生什么无可弥补的错误。进展到某一程度，巴顿斯停下动作问杰茜是不是处女，这问题她没有确切答案。事情是这样的：去年夏天，在田纳西的一次男女生合住的野营活动中，她和一个来自新泽西的男生进了帐篷，他当时也是十三岁。他把她扑倒了。他那魅力四射的样子，活生生就是法国小流氓，臭鼬派普①的翻版。令人不可思议的是，这居然造就了杰茜的初吻，以及她第一次和男生"坦诚相见"。由于技术原因，她没有完全"放弃阵地"，这是艾玲·古奇喜欢拿来形容这种事的说法。如果非要她说个数据，杰茜认为她放弃了大约百分之四十的阵地。所以躺在太阳系中，她轻声对小巴顿斯说"不完全是"，这消息让他激动得喘息起来，好像又一次"夏洛特经典戏法"要来了。

在他们的太阳系约会后的第二天，兰德·巴顿斯打了三通电话，第三天又打了四通。杰茜一直没给他回电话。一直到今天早上，杰茜都还觉得被兰德这样不招人喜欢的矮冬瓜喜欢没任何意义。但现在，屋里有个令人无法忍受的表姐，杰茜抑郁得很。她觉得要是有个人，任何人，能过来喜欢她一会儿都是好的，不管他嘴角挂着多少食物。

"杰茜吗？"电话那头传来兰德尖锐的声音。

---

① 华纳公司的著名卡通形象之一，风流成性，到处追女生，从不做正经事。

"是啊,兰德。"

"哇哦!真是奇怪啊,你会给我打电话,"他哇啦哇啦说,"我只留了五万条短信而已啊!"

"抱歉。"

"起码,你该告诉我你平安到家了。据我所知,有人可能会把你谋杀了。"

"是啊,哎,我确实被谋杀了,但只死掉一点点。听着,兰德,你今天都做些什么?"

"没做什么。练习长号,"他不假思索地说,"然后我告诉我姐姐说要帮她做花生酱,她晃荡了一圈,想要做饭。接着,大概和乔什·古斯基斯玩南瓜保龄球。"

"我有个主意。别做这些了,"杰茜兴致勃勃地说,"到我家来吧。今天我想看电影。"

"在你家?"他的声音听来很戒备。他似乎闻到了陷阱的味道。

"是啊,兰德,在我家。"

"和你父母一起?"

"不是。不和父母一道。我妈妈整天都不在,她上班去了。"

"呃,那么,你说的是什么样的电影呢?"

"让我想想,起码有《大白鲨》和《福星福将》。我想还有

《亚瑟王的神剑》和一部我不知道名字的电影。名字被擦掉了。"

"那么,你觉得那是部什么电影呢?"

杰茜叹了口气。"见鬼,兰德,我不知道!但既然都存在这么久了,很可能是部好电影。现在,听着,你到底想不想过来?"

他说大约一个小时后到。

小巴顿斯骑一辆机动脚踏车经过八英里才到杰茜家,房子坐落在州际森林的边缘,砖头砌成的后院围墙上爬满藤蔓。听见机动脚踏车喧闹着驶上车道,杰茜跑下楼去。等她走到门口,兰德已经放下支架,检查着蓝色车身里的叮叮声。

"发生什么事了?"她问。

"有一件,我在来的路上差点发生车祸。在松山路,有人朝我扔了一罐樱桃苏打水。"

"不是吧!你受伤了吗?"

"没有,只是个空罐子,但是,我差点撞上一棵树。那个杂种,算他走运。要不是我急着过来,肯定会跟踪他回家,下次把他的轮胎给割了。"

说实话,杰茜能够理解为什么有人要朝小巴顿斯扔罐子。他那身穿戴就是为了讨打。他的头发不是平常的鸟巢。相反,他抹了好多发油梳了个大背头,看着就像一团刚铺好的柏油路。他的汗衫是闪光纤维质地的夜总会款式，他穿着黑色紧身牛仔裤搭配一双像是从皮条客那里偷来的带羽毛的懒汉鞋。从某种角度来说，他花这么多时间梳妆打扮让杰茜受宠若惊，然而，对于这身装扮显示出的深情厚意，她无法拿出对等的回应。同时，这也让她对自己的穿着很不自在，她穿着在哈里斯提特杂货店打工时发的短裤和汗衫。

"你打扮这么正式做什么，兰德？"

"你不喜欢？"

"不，不，我很喜欢。只不过，你似乎搞得很隆重。"

巴顿斯闷闷不乐地盯着地面。"我姐姐吉娜设计的。我告诉她说要来看你，她就把这些破烂披挂到了我身上。我看着像蠢蛋，对吧？"

杰茜笑了："不，兰德，你看着很好。你看起来很不错。真的很不错。"

"你才看起来不错呢。"小巴顿斯说着朝她走过来，他眯着眼打量她的脸，让她感觉很害羞。他闻着很干净。"见到你真是太不可思议了。"

"是吗？"

"是啊，很奇妙，而且棒极了。"他说。

当他拥抱自己并在脸颊上轻轻一吻的时候，杰茜努力做到了不退缩。见没遭责骂,巴顿斯得寸进尺地用手指抚摸起杰茜内衣带子勒出的赘肉。

"行啦,行啦,兰德。"杰茜说。

他退后一步,开始不停地摸着自己的发型。接着他做了一个诡异的中风似的动作,手腕遮住拉链,屁股微微扭了一下。

"抱歉。"他说。

"不,没什么的,"杰茜说,"只不过我还没准备好被这么揉搓。"

兰德打着响指。

"不管怎样,我觉得我们应该看《大白鲨》,要是你有第一集的话,"兰德说,"我喜欢他们夜里在船上的场面。"

但现在,杰茜不确定和兰德·巴顿斯坐在沙发上度过整个下午是否明智。他们坐在门廊上的旧秋千上。和兰德·巴顿斯一起困在沙发里之前,她想和他在户外坐一会儿,在明亮的光线中看清楚这张她曾在昏暗的太阳系里亲吻过的脸。

杰茜瑟缩了一下,斜眼看着街对面的绿色小屋,好像它们都是昨天晚上才盖起来的。

"杰茜?"

"什么,兰德?"

"我们还进不进去啊?"

"马上。"杰茜说，完全不知道自己想做什么。

正在这时候，玛雅出现在门口的台阶上。她已经用T恤衫、球鞋和一条比内裤长不了多少的蓝色棉短裤换下了吉卜赛风格的围巾。看着自己的表姐，杰茜突然想起怎样判定两个三角形对等的定理："沟"与"股"。

她还在因那通查尔斯顿的电话而记恨自己的表姐，而且会恨上好长一阵子，然而她很感激玛雅没有对着兰德的打扮傻笑或是扬起眉毛。玛雅，可爱的伪君子，已经全然回归甜美亲和路线。她说要出门散步，杰茜想要她从路口的那家小店里带些啤酒或者零食回来吗？

此刻，杰茜觉得，去小店走走似乎是个好主意，在和兰德一道困在灯光昏暗的小房间之前，她正需要这样的喘息阶段。杰茜建议大家一起去小店，采购些"电影沙拉"——拌了"恰可斯"脆麦片、M&M巧克力豆和许多软黄油的爆米花。巴顿斯说他可以开上电动车载杰茜过去。杰茜说不用。她对骑车载人很有成见。她和瑞奇·马菲是很不错的朋友，瑞奇去年春天从摩托车后座上摔下来，后脑勺上摔了个洞。

前往史密斯菲德路的途中，玛雅没有提什么努里耶夫，或是当模特的事，或是她自己的丰功伟绩，她大谈特谈杰茜的成就，她的歌声，和她五十米跑的速度（杰茜有着不常在小胖墩身上看到的惊人速度），以及她们小时候去露营的时候，杰茜如何机智地骗过了一帮刻板的教徒。划船时那些人在签到簿上抢先，杰茜提醒她们说，审判日的时候，后来者居上，谦逊者将统治世界。那群教徒吓得丢盔弃甲，放弃了船桨，表姐妹俩在湖上划了一整天。杰茜情不自禁地沉浸在骄傲之中。玛雅的能力真是令人惊叹，她总是让人无法长久地讨厌她。

结果，那家店毫无缘由地关门了，玛雅说他们可以一起去树林。"因为，瞧这个。"她说着从她小得不能再小的短裤里拿出一支皱巴巴的大麻烟。她表示，如果要享受这一天，除了在树林里飘飘欲仙外没有更好的选择。兰德说，在电视前看《大白鲨》有屁乐趣。杰茜无法反驳。

州际森林是橡树和松树林的王国，被控管烧除的火焰熏得漆黑，而新生的树苗已经被紫藤和毛茸茸的毒藤侵袭。为了找个抽大麻的地方，他们离开马蹄声不断的卵石路，改走灌木林和荆棘丛中的秘道。以往的夏天，杰茜和玛雅常在这里晃悠，玛雅带领大家走过旧时留下的小径。多么美好啊，杰茜心想，她们上次一同到这里来还是三年前，如今大家已不再是当年的好友，但有一部分玛雅依旧保留着关于这里的回忆。

兰德似乎并不介意污泥毁掉了他的提洛尔老人鞋，或是那些逃脱了发油头盔的禁锢后垂落脸颊周围的发丝。你无法走在他附近，因为他正用一根刚找到的拐杖猛烈地朝灌木丛挥舞。

但这段艰难跋涉出现了不必要的拖延。玛雅似乎忘了大麻的事，转而展开一场山地知识普及，向杰茜和巴顿斯示范如何分辨野生姜、接骨木、杏鲍菇和檫树。她发现一块鹿的颚骨，把臼齿扭下来后分发给大家，仿佛那是今天的纪念品。杰茜拖拖拉拉跟在后面，兰德和玛雅时不时就消失在灌木丛里。杰茜恼怒地听着兰德拿他那些户外小知识去纠缠玛雅：火炬松主根神秘的长度啦，黄铁矿和箭头的讯息啦，以及如何运用耐心和面包屑将乌鸦训练成你的宠物。

当他们到达休息地时杰茜几乎已经怒火中烧，那是一处低矮的悬崖，可以眺望主路和山谷深处灰色的溪流。杜鹃花光滑的叶子形成厚厚的屏障，遮挡住道路。慢跑和骑马的人们经过时都没有注意到他们。没有人看见他们，直到一个长着满头乱发、穿一件运动衣的年轻人恰好走过小路。他停下脚步，朝灌木丛里窥视。他摘下不存在的帽子，信步向溪流走去。他们看着他脱下夹克、衬衫、靴子，然后像个印第安人似的，在溪流中间由暗褐色岩石垒起来的岛屿上坐了下来。

一等这个男人走过，玛雅就从她短裤里拿出大麻烟。

"你会喜欢这玩意儿的，"玛雅对兰德解释道，点火之前先舔舔烟纸又再捏紧，"只是让你的头脑感觉舒服又有柔和的兴奋。不会有太多身体上的刺激。"

"我们到底是要抽它，还是光他妈讨论它啊？"杰茜吼道，她抽过两次大麻，从没有什么感觉。

"你怎么了呀，杰茜？"玛雅问。

"没怎么。我觉得热。我的腿又痒。"杰茜抓狂地挠着小腿，而玛雅看着她。

"我的也会这样，"玛雅说，"尤其是当我一段时间没锻炼以后。"

"我锻炼了，"杰茜大声说，"我一个星期游四次泳。"

"那真是很不错呢。"玛雅说。她把烟递给兰德，还递给他一小盒火柴。

"一个游泳的人每小时流一加仑的汗，"兰德说，"我的哥哥在社区中心的游泳池工作。他们必须不停地折腾那些化学物质，好赶上这个速度。给你，杰茜。"

她接过烟，谨慎地吸一口到嘴里然后递给玛雅，而玛雅深深地吸了一口，然后躺进杜鹃树的树荫下。她柔弱无力地朝天空摊开手掌，开始训练有素地吟诵。"知道我热爱什么？"她说，"我喜欢这味道，这阴郁腐朽的滋味。阳光下生长的所有植物以及多年前流下的雨水，或是其他任何存在。现在树叶和倒下的树木正腐烂，重归泥土，而且它们正将所有能量吐返空气。正如字面所示，你正呼吸着夏日，它来自五年、十年和百年前，所有的能量都在此刻归来。我无法解释这一切。很伤感，但，也很美好。"

"我明白你的意思。"兰德说。

"你知道我还爱什么吗？"玛雅问。

"谎话精？"杰茜问道，试图让玛雅正在织就的丛林魔咒从此破功。

"普林格尔？"兰德·巴顿斯说，"普林格尔是种凸面镜。"

不管玛雅还爱些什么，当溪流中光着膀子的年轻人打开一台小收音机，柔和的赌场爵士乐曲微弱地穿越树林，她把那些都忘到了脑后。音乐让她站起身来。她张开双手感受着气流，扭动着她的臀部。"起来，杰茜。来和我跳舞。"

"我不要。"

"好吧，讨厌鬼。兰德，起来。过来。你别无选择。"

兰德，又紧张又高兴，任凭玛雅把自己拉起来。她在他前面轻快地转圈，而他跟跟跄跄地跟随着，像是在打太极。他垂着脑袋，四处张望，因为他无法决定玛雅的哪个部位最好看。又一首曲子开始了，一曲华尔兹。玛雅把兰德拉向自己，在悬崖边对他大献殷勤。他笑得像个傻子。他把双手放到玛雅衬衫和短裤之间裸露的肌肤上，不再放开。

杰茜能感觉体内蹿起熊熊怒火，就像路面上蒸腾的热气。玛雅第一次对着兰德做出大赛级别的弯腰动作时，杰茜努力忍住了怒气，但是第二次的时候，她的愤怒爆发了。"好啦！"她大喊道，"你知道他妈的怎么跳舞。我们都他妈的晓得啦，玛雅！现在你可以坐下了。"

兰德和玛雅停了下来，但他俩谁都没有松开对方。玛雅露出光洁的牙齿，扬起嘲弄的微笑。"天啊，你究竟是怎么啦？"她问，"我请你跳舞，你说不要。你想怎样？"

"我不想怎样。"杰茜说着站起身来，"你们想怎么跳就怎么跳好了。或者，你们为什么不干脆换个地方搞一场？我是说，这附近有各种各样的灌木让你们进去搞。"

玛雅震惊地猛吸一口气，把胳膊从兰德肩膀上挪开。兰德傻笑起来。杰茜不依不饶："是啊，你很想呢。瞧，她不想和某个查尔斯顿的男人搞，因为她准备搞的是另外一个男人，那是她老师还是什么人，但她还不能搞他，因为他太他妈老了，会触犯法律，尽管她倒是很想让他搞。"

玛雅露出崩溃又震惊的神色，好像她脸部有个重要的部件坏了。她的嘴巴张开，大得能塞进一个橙子。

不管玛雅想说什么，杰茜都不准备听。她朝山下跑去，跑到溪边才开始哭，滚烫的眼泪夺眶而出。但她生怕玛雅和巴顿斯会在他们栖身的地方看见自己,于是飞快地止住泪水,在溪流中洗干净了黏糊糊的脸。

她最想做的事情是回家去,躲在午后的昏暗中看着电视吃夹了切达干酪和泡菜的三层夹心饼干。但要离开树林的话,她就必须经过玛雅和兰德现在藏身的地方。她觉得不能让他们看到自己回家,必须要保持尊严,于是她在溪边晃悠,希望看起来潇洒又放松。她顺着溪流走,又逆着溪流走回来。她把石头扔进水里。她抚摸着地衣,俯身寻找小龙虾,但这无法让她平静。

在离悬崖不远的地方,她停下来打量那个躺在岩石小岛上的没穿衬衫的男人。他让收音机开着,眼睛闭着,像阳光下的猫一样自在。她看见他把一瓶绿色的啤酒放到唇边,喝个精光,然后把瓶子放到溪水中。瓶子在漩涡中摇摇晃晃地漂过,停在下游一片黄色的泡沫中。然后他从手边的一堆啤酒中摸出一瓶,打开,喝了一口,自始至终没有张开眼睛。你不得不欣赏像他这样只要暖洋洋的石头、啤酒、廉价收音机就能享受好时光的人。杰茜觉得或许该和他说句话,至少,只是打个招呼,但他却自顾自晒着太阳。几分钟过去了,杰茜能感觉到玛雅和兰德正看着自己,看她像个傻子一样在岸边走走停停。

"嘿!"她朝他喊道。

男人抬起头来看她时,小腹上的肌肉鼓了起来。"你好啊。"

他打着哈欠说。他咂了咂嘴，眨了眨眼睛，把拳头垫在脑后好放胆打量她："怎么啦？"

"你还有啤酒，对吗？"杰茜问。

男人朝小路那头看了看，然后扫了一眼在溪流中冰镇的啤酒瓶，又挠了挠头发。

"拜托啦，"杰茜说，"我快渴死了。给我一瓶吧，我可以付钱。"

他坐起身来，看起来不太情愿的样子，但随即摇着头笑了。"我觉得行，"他说，"过来吧。"

杰茜小心翼翼地踩着覆盖着水藻的岩石，爬到小岛上。当她抵达的时候，男人已经为她从水里拿起一瓶啤酒，撬掉了盖子。

"不太冰，但也不会烫了你的嘴。"他说。他的声音很柔和。杰茜贪婪而快速地喝了两口，然后很感兴趣地盯着瓶子。害羞让她发烫，那温度比阳光更灼热。

"喜力，"她说，"要是你问我，我会说这是市场上最好的啤酒。"

那个男人什么都没说，但愉快地从鼻子里轻轻哼了一声。

"无论如何，我不是故意来这里打扰你的。"杰茜说。她把手指伸进口袋，掏出两张皱巴巴的钞票。"给你。我有两块钱。够了吗？"

"不用费心,"男人说,"坐吧,如果你愿意的话。"

杰茜坐了下来,她结实的粉红色双腿伸展开,在脚踝处交叉,这是它们最好看的姿势。她又狠狠喝了一口啤酒,还没等忍住,就打了一个可怕的嗝。

"干杯!"男人说,深陷在笑纹中的热切的灰色眼眸打量着她。他的金色头发在额头处有一些稀薄,露出带雀斑的头皮,但你要凑近了才能看清楚。他右臂的情况要更显眼一些,肩部有可怕的伤疤。皱巴巴的伤痕缠绕着他的肌肉,几乎延伸到手腕处。黑色的汗毛又浓又密,而凌乱的缝合痕迹把各处的伤痕钉起来。手臂上有三个刺青,都是女人,都是相当有品位的设计,没有一个是裸露或者不得体的。上臂的女人已届中年,像拍证件照一样坐着,头发中分,戴着半透明镜片的大眼镜。他前臂上的第二个女人在向手中长着招风耳的小狗微笑。第三个女人穿着宽松的裤子,余晖下,正在浪花中垂钓。杰茜看了一会儿才注意到,三个画像中都是同一个女人。

"你住在这附近吗?"男人问。

"很近,就在史密斯菲德路旁边,我称之为屎菲德路,"杰茜快速而拘谨地说,"这里无聊透顶。我希望自己住在城里。"

"是啊,要是你喜欢银行家和黑人的话,城里很适合你。"男人说。

他从绿色的烟盒里拿出一支烟,又递了一支给杰茜,她接了。她躺下来,抽着烟,一手支在岩石上。悬崖就在她身后。她希望玛雅和兰德能好好看清楚自己的样子,头发垂在身后,阳光正照射在上面,手里是她勇敢为自己争取来的啤酒,手里是招人眼红的香烟。

"我叫史都华·奎克,"男人说,"你叫什么?"

杰茜告诉他自己叫琼,那是她妈妈的名字。

"是吗,我喜欢这名字,"他说,"我几乎就要娶到手的女孩叫八月^①。"

"你为什么没娶她?"

奎克撇了撇嘴唇,亲切地注视着过往。"我不知道,因为——恐惧、愚蠢、钱,还有她可怕的老爸,长着你所见过的最他妈可怕的痣,就在这儿,"奎克说着,指了指鼻子和脸颊连接的地方,"差不多有高尔夫球那么大。"

杰茜遮住嘴巴,把她的牙套和大笑都藏在掌心。

"你几岁了,琼?"他问她。

"你猜。"她把喝光的酒瓶子放到小溪里,就像她见奎克做的那样。

---

① 琼原文为 June,意为六月。

"四十五。"他说着又递了一瓶给她。

"瞎说!"杰茜说,"我十八岁。"

"瞧,巧了!"他说,"我也十八岁。"

接着他想知道关于杰茜的事:她在史密斯菲德路住了多久,她在学校读着什么书,如果她想上大学的话,要读什么专业。她向他说了一些在她看来聪明而机灵的谎言。她觉得自己会去埃默里读医学院预科,但又有些想去纽约,有个她一时想不起名字的学校让她去读表演和声乐。

不管她说什么,史都华·奎克都会微笑点头,说她多么机智,多么有天赋,未来一定前途似锦。

然后他凝视着山坡,凝视着橡树、桉树、松树茂密的绿色树冠。"你的朋友们还在那儿吗?"他问,"或许他们也想到这儿来,和我们一起在小溪里找点乐子?"杰茜不喜欢听他这么说。想到奎克居然没有和她一样意识到,他们两个人已经在这温暖的岩石上营造出了独特而私密的氛围,杰茜觉得受了伤害。

"不用啦,"杰茜说,"那些人没意思得很。今天我不想再见到他们。嘿,让我问你些事情,史都华。"

"好啊,行。"

"你手臂上的人是谁?"她说,"她很美。它们都是同一位女士,对吗?"

奎克看着自己的文身，手臂拧成一个痛苦、笨拙的角度，使得他的下唇嘟出来，闪闪发光。"是啊，我母亲。据我所知，这是她的手臂，就这条。"

"你是什么意思，'她的'？"杰茜想象着这条伤痕累累又满是黑毛的手臂装在这个美貌的女人身上，对着瓶子咯咯笑起来。

"我的意思是，要不是她，我就不会有这条手臂。"

"要不是她，都不会有你。"杰茜说，感觉自己因为啤酒而变得轻佻大胆。

"要不是她，我就没这条手臂了，我是这个意思。"史都华·奎克说。阳光落到树林后面，光线洒落成点点光斑。

"是在战争中吗？"杰茜问。

"见鬼，不是，"史都华·奎克说，"不是在战争中，是在一个他妈的洗车场。你想听这个故事？"

杰茜说她想。

"好吧，我曾有这么个老板。我跟你说，如果你问我要一个混蛋，我就把他给你，你还得倒找我钱。不管怎么说，一天很多车大排长龙，不停摁着喇叭，狗屎，这家伙朝我大叫大嚷，要我去洗衣机里拿干净毛巾。要知道，我在说的不是什么普通的洗衣机。那玩意儿的转速比你家的要快十倍。他对我大发脾气：'去拿点毛巾来！见鬼，给他们拿点毛巾，史都！'我走到机器前，打开,然后把手伸进去,只是它还没有停止转动,于是呢,它就把我的手臂扯了下来,使得我的手肘脱臼,我的手粉碎性骨折。"

"老天啊,真的吗?"杰茜说。

"真的,我甚至都不知道发生了什么,我被吓得不轻。我只是走进正午时分的停车场,那里都是些想在下班后尽快把他们的梅赛德斯-奔驰车和破烂洗干净的人。他们抬起头来,看见有个孩子,在水泥地上拖着他的手臂,就像拖着只玩具小船,伤口处只连着一点点皮肤。医生们说:'没救了,扔了吧。'但我妈妈走了进去,给他们他妈的一点颜色看看,她尖叫着,来了个大闹天宫。他们不得不把手臂接了回去。他们说,这没有任何意义。她说:'我才他妈不管它会不会腐烂发黑。你们把我儿子的手臂缝回去。要是它坏死,我们再锯掉。但你们得把那该死的玩意儿缝回去。'"

奎克举起手臂,向它投去一个局外人的赞赏眼神,好像它只是自己在商店里拿起来的一样东西,一样他很喜欢却买不起的东西。

"简直是奇迹,我觉得。"杰茜说。

"很不值得的奇迹,"他说,"很多时候骨头疼得我痛不欲生。而且,我的手几乎没什么感觉。"

"那真是糟糕。"杰茜说。

现在奎克正用拇指碰着受伤那只手的手指，一根接一根，专注地看着这个游戏，微笑中仿佛带着着迷的快乐。"我不知道。我想，这让你为自己得到的东西高兴。同时，拥有你无法感知的一部分身体，也很特别。感觉有点像是同时成为两个人。"

"起码，不会无聊，"杰茜说，"我觉得它看起来很酷，很精神，这些伤疤以及所有的这些。"

奎克大笑。他又打开一瓶啤酒，把啤酒给杰茜的时候，他挪到了她身边，半侧着身，他的脑袋近得能碰到她的膝盖，杰茜感觉他的呼吸吹干了她皮肤上的汗水。"我们交换如何？"他说，"这条手臂你拿去，我拿什么呢，不知道。或许我就要这条腿。"

杰茜避开了。"你不会要我的腿，丑死了。"她说。

"你又错了，"奎克说，"上等货色。状态良好，除了这儿的这个玩意儿。"

奎克用坏了的那只手环住杰茜的脚踝。他把另一只手举到嘴边，吮了一会儿大拇指，接着用它慢慢绕圈揉着杰茜左腿内侧的棕色印迹，就在膝盖下方。她让他揉了一阵子，然后挣脱了他的掌控。奎克留下的那个发光的印迹让她很惊慌，但她又怕如果擦掉的话，会冒犯了奎克。"那是胎记。"她喃喃地说。在她还小的时候，妈妈曾教杰茜靠这个印迹分辨左右。"小时候，它的形状像条鱼。现在还有点像。"

她又抿了口啤酒,注视一只红色的小甲虫挣扎着爬过岩石上的缝隙。奎克坐起身来。从她手里拿过啤酒,用食指和拇指捏住她的下巴,轻轻在她唇上亲了一口,然后他又躺了回去,看着她,慢慢绽开微笑。

"这可以吗,琼?"他说,"我觉得你想要。"

奎克的胡茬让她嘴唇发麻,一种复杂的感觉。她不知道自己的嘴唇是不是看起来不一样了,或许变丑了,又或许变得好看又迷人。她有触碰自己嘴唇的冲动,但她没有这么做,怕老男人会以为她是在指责他鲁莽。

"是啊,没关系的,"杰茜说,"我,我是说,我很高兴你这么做了。"

奎克发出一声满足的叹息,像冒蒸气一般大声而利落。"该死的,你在耍我吗?"他大声说,"现在是夏天呐,就此刻。我要说的就是这个。日子就该这么过。"

"我知道,"杰茜说,"我希望还剩下更多这样的日子。"

"噢,有很多,"奎克说,"还有很多的日子要过。"

奎克把手伸进溪流,用溪水抹着脖子上的皱纹。"我突然有了个主意,琼。"

"什么主意?"

"我们要做的,就是度过完美的一天,我们可以去'神秘湖'

游泳。我刚想起今天是周六。那儿会有个乐队和别的狗屎。还有卖啤酒帐篷。我要去的就是这种地方。"

"可能吧。我不知道,"杰茜说,"我七点钟还有约会。"

奎克看了看他的手表。"嗯,现在是,四点钟,但你想怎样就怎样,"他说,"我说的是去那里玩一个小时左右。我是这么计划的。"

红色甲壳虫在杰茜手腕的暗影下绕圈圈。她把它赶上小船似的柳树叶子,再把柳叶放到水里。叶子迅速穿过激流漩涡,不见了。然后她回头看向悬崖,却只看见树叶。"我觉得,"杰茜说,"我觉得那会很酷。"

奎克快速穿上衬衫并收起收音机。接着他领着杰茜穿过溪流向小路走去,这条路和她来时走的那条不一样。十五分钟后,他们来到路口,奎克的车,一辆双门的三菱,就停在那儿。他很是花了些钱在车饰上:深色玻璃,明黄色轮圈,后备箱上竖着一个很大的后加的风翼。奎克帮她打开车门,杰茜犹豫不决。"就一小时。你保证?"她说。

"没问题。"奎克说。她上了车。

奎克把他的东西放到后座上。他把钥匙插上,摇下车窗,但没有发动引擎。

"嘿,过来。"他对杰茜说。

"怎么了?"她说。

"到这儿来,琼。"

她没有动,奎克俯身越过手刹,将嘴唇压在杰茜的唇上,动作没有以前那么温柔。他的舌头伸进她的牙齿,还把受伤的那只手掌放在她短裤前面,力道大得弄疼了她,好像他要唤起足够的感觉,好让他失去知觉的神经也能感受到。杰茜的胃里泛起恶心。她确信自己就要呕吐或是大叫,但要在一个男人面前丢脸让她感觉很痛苦,起码也很糟糕。她的手正要去按门把手,奎克却突然转过身去,一手抓住方向盘,又用另一只手掌的底部揉着眼睛,好像有东西掉了进去。他嘀咕了些什么,杰茜没能听见。

有一阵子,杰茜以为奎克可能要打开门带她回树林去,但他发动车,开到路上,又和善地拍着杰茜的膝盖。"我们相处得如何,琼?我们合得来吧?"

"不错,还行。"杰茜说,"噢,狗屎,居然忘了。嘿,史都华?我刚想起件事。我们能很快地绕个道吗?我要回家几分钟。我想去拿游泳衣。"

"没必要为这浪费时间。"史都华·奎克说。

"不,我要拿。我想游泳。你说过我们会游泳的。"

"你可以穿着这身游啊,"史都华·奎克说,"那是个很随意的地方。人们不会在乎。"

"好吧,但我在乎,"杰茜尖声说,"我不想整天穿着又湿又冷的短裤走来走去。现在,我必须去拿游泳衣。"

奎克不出声了。她能听见他的鼻子呼着气,然后他干涩而短促地笑了,声音里毫无笑意。"好吧,小姐,"他说,"悉听尊便。"

汽车减速后调头。

她的心脏跳得她头晕目眩。但她却并没有感觉它是在胸腔内跳动,而是跳动在奎克捏过的下巴上、牛仔短裤里、嘴唇上,还有他粗糙的拇指想要擦去胎记的腿上。她还没想好回到家后要做什么,但她知道一旦进屋关门,有些事情就会发生在她身上。

奎克的车飞快地经过范纳根家,双胞胎在门前的院子里,在塑料泳池里扭打。他们经过麦克路尔家,他们十多岁的儿子正在草坪边上的水沟里烧野草。在午后的阳光里,无法看见火焰,只有一缕缕抖动的空气。

"就在这儿。"杰茜说。他们转过弯道。奎克朝着房子停下车。杰茜父亲的银色别克停在车道上,比说好的早了三个小时。当她看见那车时,感觉到的不是宽慰。

"哇噢,"史都华·奎克说,"这是谁啊?"

她的父亲正在草坪上,给他年前种下的玫瑰丛摘除枯萎的花瓣。听见奎克的车开上石子路,他还没辨认出深色车窗玻璃后的女儿，就转过身来笨拙地挥手致意，棕色的花瓣从他手中撒落。

看见自己的父亲，恐惧在杰茜体内散去，取而代之的是冷酷的羞辱感。他就站在那儿，还不到四十，脑袋秃得像苹果，露出胖子才有的那种迷糊的笑容。他的脸，因为最近的晒伤而鼓胀，被他背后深色的玫瑰丛映衬得闪闪发光。他穿着杰茜厌恶的廉价塑料凉鞋，身上是一件黑色T恤衫，喷绘着一只正在嚎叫的狼头，同一款式但尺码更小的那一件正躺在杰茜抽屉的底层，标价牌都没拆。无精打采的灰袜子软塌塌地绕在他粗壮的脚踝上，再往上的腿和杰茜那双让她深恶痛绝的腿如出一辙，罗圈又粗壮，锻炼一辈子都不会有丝毫改善。她的羞耻感来得突然而坚决，不假思索，毫无缘由。但那向她席卷而来的感触，无法言说又无法掩藏：她父亲并不单单是一个人，不完全是，而是她不为人知的一部分，杰茜立意不让世界知道的一个粉红、矮胖的烦恼，一处无药可医的致命伤。不管史都华·奎克在她身上看见了什么诱人之处，一旦她和这个笑着走过草坪的蠢蛋联系起来，这好感就必定烟消云散。

杰茜打开车门。"你会回来的吧？"奎克说，他的声音有些紧张。

她没有回答。"原来她在这儿啊，"她父亲说，"你去哪里了，小杰？我找了你一个小时。"

"好啦,这到底怎么回事啊?"杰茜从牙齿缝里轻声说,"你说过七点的。"

"噢,"她父亲说,"我试着打电话过来。今天早下班。我只是想,吃晚饭之前我们可以去翡翠湖。"

杰茜父亲看着她身后的车,史都华·奎克停下不动的三菱像只刺目的黄鸟。

"那是谁,杰茜?你和谁在一起?"

在她身后,车门打开了,奎克大声喊着她母亲的名字。杰茜快步绕过她父亲走进屋内。她必须避开兰德的电动车才能走上铺着砖头的小路。很可能,兰德和玛雅,他们随时都会回来,让这一天的耻辱掀起高潮。杰茜跑着走进门内,经过铺着地毯的楼梯走进自己卧室,发现了一条微不足道的好消息。那只猫,在被关押了几个小时后,终于对杰茜床上的小鸽子下手了,但它在吃得只剩下一只粉红色鸟爪和一块光秃秃又满是伤痕的三角形翅膀时没了胃口,把它们留在了枕头上。当杰茜喘息着进门时,猫从打盹的窗台上跳下来,回到床上。它在鸽子的残骸边缓缓踱步,目光恼怒地打量杰茜。过了一会儿,猫咪放松下来,很满意杰茜没有做出任何威胁动作,然后它吃完了最后一点大餐。

游乐场

　　天色暗了。太阳落到橘树林后面，使嘉年华会那些迷幻的七彩光华愈加醒目。"魔鬼合唱团"刺目的红，摩天轮泛蓝的白，"太空飞船"闪烁的绿，"旋转飞椅"来回追逐的黄与紫，混杂到一起，天空闪耀出鬣狗皮般的棕色光泽。排污渠中的白鹭陷入恐慌。它们向监视着干草堆的橡树逃窜，干草堆围成的栅栏里关着"世界上最小的马"。白鹭们伸展又合拢它们超长的翅膀，激起阵阵白色的惊慌，让橡树好一阵摇晃。

　　暗影洒过"仰光大吊车"的摊位。一只佛罗里达蜥蜴，大摇大摆地走过售票窗口旁那只丙烷箱的把手，溜过箱子的搪瓷表面，躲进一道新月形的神秘锈痕。贴着蜥蜴的肚子，锈痕那抚慰人心的粗糙触感正散发虚幻的热度，蜥蜴的保护色从新叶的颜色变成了落叶色。

　　蜥蜴的行踪吸引了亨利·莱蒙斯的视线，七岁的他，朝蜥蜴伸出手去，拢起手掌在小东西四周围成一个小而潮湿的空洞。

"你发现了什么?"兰迪·克劳奇问,他十岁,正站在亨利旁边。两个男孩是今晚刚认识的。吉姆·莱蒙斯,亨利的父亲,到这个游乐场来赴希拉·克劳奇的盲约,她是兰迪的妈妈。吉姆·莱蒙斯是诺顿海滩一家市场调查公司的经理,那个城市的市区就在距离这条路两英里外。希拉的妹妹,戴思迪妮·克劳奇[1],在来电中心工作,是她安排了这次约会。

这个夜晚过得很不错,对于亨利和兰迪来说好得过了头,有四十分钟时间,他们在中轴线上晃荡着,看那对人儿在远处的摩天轮上兜了一圈又一圈。他们能看见兰迪妈妈的头发,那么纯的金色,映出白光,飘荡在吉姆·莱蒙斯那顶棒球帽的四周,他戴这帽子是为掩饰谢顶的头发。

亨利把蜥蜴放到胸前。"没什么。不过是一只小蜥蜴。"

"是吗?是变色龙?什么颜色的?"兰迪想知道,"把它给我。"

亨利张开原本小心翼翼拢着的手掌。它是一只多么漂亮的蜥蜴啊。它没有嘴唇的嘴巴向两边扬起,这睿智的微笑仿佛表示它很高兴身处亨利的掌控。它的肋骨正抵着亨利拇指上脏兮兮的螺纹快速而轻柔地跳动,唯一表示警觉的信号是它褪去了保护色,

---

[1] 戴思迪妮英文为 destiny,意为命运。

乍看之下算是绿色。但亨利·莱蒙斯曾把蜥蜴放到距离眼睛两英寸的地方,他能看清蜥蜴的皮肤并不是单纯一种颜色,而是由极细小的黄色与绿色圆片组成的马赛克图案。

"它没有颜色。"他告诉兰迪。

"瞎说八道,把它给我。"兰迪说着拍打亨利合拢的拳头。

"千真万确,你个胖狗屎。走开,它是我的。"

兰迪·克劳奇脸红了。体重一百七十磅,兰迪确实是印第安河县游乐场里最胖的十岁小孩,而且他还很可能是全印第安河县最胖的十岁小孩。他的手臂就像保龄球瓶。他走路的时候胸部抖动。他的左腿上打着厚重的蓝色石膏。两个星期前,他捶击报纸贩卖机上的投币口时,机器倒下来砸断了他肉墩墩的膝盖正下方的骨头。

兰迪习惯了因为自己的体重而被嘲弄,但眼下亨利这样取笑他似乎不太公平,他还打着石膏呢。让这次侮辱更糟糕的是,兰迪·克劳奇有多胖,那亨利·莱蒙斯就有多漂亮。亨利身材修长,眼睛像小马一样炯炯有神。他可爱得让成年男女说不出话来。兰迪·克劳奇想揍亨利·莱蒙斯一顿,但亨利的美貌散发着某种高贵的力量,让他下不了手。当他朝妈妈屋后那条四车道马路上开过的汽车扔石头时,遇上一辆看起来就很新或很贵的车,他也会被同样的犹豫牵制。

"嘿，我拿两张票换它。"兰迪·克劳奇说，希望通过忽略不提的方式挥去那侮辱。

亨利指出，拿两张票你什么都买不到。就算在马场骑设得兰矮马都要花三张票。他还解释说，兰迪的汗手里抓着的那些票，实际上也都是亨利的，要不是亨利的父亲花掉两张面额五十的钞票，并把票给了兰迪和他妈妈，兰迪又怎么会有票。

兰迪扣住比自己瘦小的亨利的手腕，试图去抓他的拳头，希望能迫使他捏死那只蜥蜴。亨利尖叫起来，声音如此尖锐，使得兰迪松了手。然后亨利飞速跑过中轴线，经过"旋转茶杯"和"火球"那呼啸的红色光晕，以及"大猩猩女孩！"，还有"海盗船"。他低头走近"极限铸币厂"和"幽灵火车"之间的小巷，穿过嘉年华会工作人员使用的移动厕所。他发现自己身处拖车的停车场，灯光猝然在这里止步，只有空转的卡车，踏脚板上亮着点点橙色灯光，因为柴油的黑烟而朦胧一片。

亨利在黑暗中等待，靠着一辆车身上刷满明快昆虫图案的卡车，看摩天轮转动。他看不见父亲，但知道他在那缓缓转动的大转盘上。他决定要看着这转盘转过四十圈，亨利觉得这数目靠谱，因为他父亲就是这年纪。他看着它转了十八圈后，就数忘记了，然后重新数起。蜥蜴挠着他的掌心。等他又数到二十二圈时，他注意到厕所中间那根梁柱的阴影里有个男人在看他。那人看见亨利发现了他时,他朝男孩走了过来。亨利担心这男人也许就是这辆卡车的主人,或者,因为自己游荡到了口袋里那些橙色门票不允许他去的地方,所以他要把亨利抓起来。

那人问亨利在这儿做什么,亨利告诉他兰迪·克劳奇在追赶他。那人点了点头,好像他和兰迪·克劳奇很熟,好像因为时间的捉弄,他小时候也在兰迪·克劳奇手里吃过苦。那人说兰迪不会在这儿发现他们俩,如果他发现的话,他有办法对付他。亨利笑了,但愿兰迪会来这里,然后看看他会有什么下场。男人点了支烟。他神色担忧地回头看了看游乐场。他告诉亨利,仔细想过之后,他觉得他们或许应该去躲一会儿,只要等到威胁解除。亨利现在有些担心起来,问那人是否能肯定。那人说是,说他知道有个地方,然后他带亨利走进一整排移动厕所的最后一间。他平稳的手,像热水袋一样温暖而可信,按在男孩的肩胛骨当中。

厕所是黄色塑料做的,牌子名叫"蜜罐"。男人关上蜜罐的门。

"这下我们——安全了。"男人说,然后转动门框上的黑色把手。门因为高温和年月而变了形。门缝里渗进来一块斜方形的光亮。半明半昧的光线中,亨利能大约看清那人的皮带扣,一个银色圆盘,中间围着一圈蓝色石头。

蜥蜴从亨利摊开的手掌间跳了出来,从门下面溜了出去。一到外面，它就栖身在沙地里的一只口袋里，那里还残存着最后一丝阳光的温度。

对莱昂·德兰尼来说，这样温暖潮湿的夜晚很不舒服，他是"海盗船"上的领班。莱昂是个巨人，脑袋像消防龙头，手掌有盘子一般大。夜晚的热气让他的牛皮癣火上浇油，手臂都泛红了，他坐在狗舍似的小房子里，用瓦片一样厚的指甲大声搔着自己的疹子，皮屑落在黑色金属材质的控制面板上。莱昂已经六十三岁，由于已经犯过三次心脏病，所以非常节制，只喝一点啤酒。为了追忆往昔，他不时停下来将那些死皮聚成一条，估算着如果是可卡因的话，那得值多少钱。

一个名叫杰夫·帕克的年轻人站在栏杆旁，研究着一块手写的告示，上面写着：招工作人员。莱昂不喜欢杰夫·帕克的相貌，他的船鞋，垂在他眼睛上的头发。比起那些在海边把自己晒得黝黑的懒汉，莱昂更喜欢雇那些一文不名、藐视法官逮捕令的人。海盗船上的船长就是莱昂更偏爱的那款，他叫艾利斯，形容枯槁，会微笑和算计，从不需要莱昂去琢磨他究竟是何种人。即便现在，艾利斯本该在海盗船上擦呕吐物，但他利用杰夫上岗的机会把抹布放到一边，吃起了晚饭：一罐牛肉汤，他没加热就倒进嘴里。但莱昂的员工昨天晚上起就短缺，第三个工人去上厕所后再没有回来。两天后游乐场就收工了,在把海盗船拆开前他要再找一个人。

"嘿,朋友,你在找工作吗?"巨人的声音听来像是烧汽油的。

"是啊,我想是吧,"杰夫说,"工钱多少?"

巨人打量着杰夫。他的拇指和食指能沿着杰夫的手臂绕两圈。"你喜欢干粗活吗?能扛东扛西?"

"这我能行。再问一下,工钱多少?"

"一周八十块,工作七天。"他仔细打量着,看杰夫会不会在这样糟糕的工资前却步。

"可以。"杰夫说,这让莱昂明白这个年轻人手头很紧。他本可以开出一百五十块。

"需要吃点什么吗?"

年轻人点头。

巨人把手伸进口袋掏出一张十块钱的钞票。

杰夫看着那钱:"真的吗?"

"星期五还我。"接着莱昂列出要从他工资里扣除的其他的钱:一顶帽子和一件汗衫三十块,一张身份证件十五块,嘉年华火车上一个铺位四十块。杰夫·帕克站在那儿不停地眨巴眼睛。他刚到游乐场五十秒钟,就已经欠了这位大个子八十五美金。

艾利斯扔掉香烟，从上层甲板上缓缓走下来迎接新丁。他很高，三十刚出头，但他的脸却像被脏手抹平的纸袋。

"你的名字叫什么，啊？"艾利斯问。

"帕茨[①]。"莱昂代为回答道。

"不是，"杰夫说，"是帕克[②]，没有 s，带个 k。"

"就像'去公园'。"艾利斯说。

"对。"杰夫说。

"好名字，我喜欢。"艾利斯说。

"有些公园还不如地洞呢。"莱昂在狗屋里咆哮道，他的大笑吹散了那堆皮屑。

等到他们在摩天轮上玩尽兴了，希拉觉得自己或许有些爱上吉姆·莱蒙斯了。他们在上面接了几次吻，在游乐场寂静的高处，调情似乎变得更为要紧。他小心翼翼地对待她的身体，不像她前夫，紧抓她不放的样子仿佛他要去永远都不用碰女人的地方似的。吉姆·莱蒙斯不一样。她不得不把他的手放在她短裙上，因为他不肯自己动手。她喜欢他的腼腆，他的眼镜，还有他的手臂，有肌肉但汗毛不重。她想邀请他去她的公寓，让孩子们玩天

---

① 原文为 Parts，意为零部件。
② 原文为 Park，意为公园。

堂游戏，他们则坐在她家的水泥阳台上，喝着她收藏的昂贵蓝色干邑。如果混上佳得乐喝，它一点都不会让你有宿醉感。

希拉的儿子兰迪，独自等在站台旁，挖着他的石膏。他妈妈让他说出了和亨利·莱蒙斯吵架的事。"真见鬼。他才七岁。你该照顾他。"

"但是，妈妈，他叫我狗屎。"兰迪·克劳奇争辩道。

"我会叫得更难听，"她从牙缝里嘶嘶地说，"七岁的孩子，你却让他跑了。"

二十分钟后，吉姆·莱蒙斯发现自己儿子站在中轴线尽头，看一个戴领结的男人演示一块小羚羊皮神奇的吸收光线的能力。关于在移动厕所里发生的事，他没有说很多，但已经足够。吉姆不是很确定故事的真实性。在他内心，他认为亨利是个不诚实的孩子，好看的相貌使他像电影明星一样爱报复又爱耍花招。当亨利来住的时候，吉姆的储蓄罐里会丢失一小把零钱。上次来时，亨利声称有条响尾蛇在水池的下水管道里朝他摇尾巴，还央求要回他妈妈家去。一整个周末他都不肯改口，就算吉姆打了他屁股还是一样。吉姆怀疑孩子现在就撒了谎，故意要搅黄他的约会。但是亨利丢了内裤和一只鞋，这让故事围上一道真实的光环。

吉姆把亨利带到检查酒后驾车的治安岗亭，找到那里的一位警官。更多警察赶来。一位治安巡逻官向吉姆·莱蒙斯解释说，他不得不把他和他儿子带去镇上的警察局录口供，还要做一次检查。亨利没有哭，甚至一点要哭的迹象都没有，但泪水却从希拉·克劳奇的眼眶涌出，好像她在参加什么戏的试镜。黑色睫毛膏一直流到她脖子上。她给了吉姆一个长久而用力的拥抱。她染过的头发散发出塑料烧焦后的恶臭，两人在摩天轮上喝过掺冰冻柠檬汁的杜松子酒，她的呼吸很刺鼻。

"我开车送你去警察局，吉姆，"她说，"我陪着你。我想去。"

但吉姆只想让希拉在警察注意到她醉得多厉害之前，赶紧离开。"我觉得没这个必要。"吉姆说，拿出他公事公办的语气。他扔下她，走向等着的巡逻官，巡逻官坚持要吉姆带着儿子坐他的警车走。吉姆·莱蒙斯知道，警官在暗示他可能有理由要篡改留在他儿子身上的证据。但今晚的遭遇让他步履蹒跚，他一点不觉得受到了冒犯。

警车开出中轴线，穿过停车场，开上州际公路。在那儿，星光重新从游乐场手里夺回了天空的控制权。

"船长，情况如何？"吉姆·莱蒙斯问亨利，亨利正哼着电视剧里的主题歌。

"行。"亨利语气冷淡地说，不让吉姆靠提供安慰而让自己觉得宽慰。

吉姆·莱蒙斯试着不让自己去想亨利可能在移动厕所里遭遇了什么。相反，他集中精神担忧他本该已经打给前妻的电话。分手并不友好。她花了好多律师费，确保吉姆一个月不会见到亨利超过两天。当他让亨利看《哈利·波特》电影后，她要求监护协调员将他的监护时间缩短一半，理由是他没有尽到监管责任。吉姆·莱蒙斯有种感觉，他可能会有好几个月，或许好多年，都见不到自己的儿子了。很长时间里，他都会记住亨利现在的样子：穿着一只鞋，双眼毫无神采。

他挠着脖子。希拉·克劳奇的大耳环在他身上压了一阵，那道红色的小凹痕，很痒。

杰夫·帕克就这样最终混进了游乐场。

五十八岁的年纪，杰夫的妈妈在网上认识了一个男人，然后搬去了他位于佛罗里达州墨尔本市的家，那房子对着大片海滩。杰夫原来在凤凰城，学校放假后，他母亲让他坐飞机过去住一两个礼拜。结果墨尔本的生活正合他意：他住在一套有三个小房间的迷你公寓里，街口有五家酒吧，你会看见女人们穿着泳衣进进出出。在后院里，他妈妈的新老公种了一棵神奇的果树，柠檬树的树干上，嫁接着橘子、橙子、蜜橘、金橘和葡萄柚的枝干，每一根都结着各自生机勃勃的果实。每天早上，杰夫都会出去摘上满满一捧，然后给自己榨一大罐果汁，黏稠的果汁带着阳光的热度。这房子对他母亲也有好处。游泳池让她减了十五磅体重。她似乎不再有坏情绪，几乎每天下午他们都玩克里比奇纸牌，杰夫赢的时候她没有拍飞记分牌。杰夫的拜访持续了四个月，他觉得，起码，自己还要再住上四个月。

他母亲的老公，戴维，是个沉默寡言的人，和杰夫没什么话好说。他是个快七十岁的退休验光师，大部分时间都在后院的暖房里忙活，在里面种植参加竞赛的牡丹花。它们的花苞像牛的心脏一样，呈鲜红色，沉甸甸的。日子一天天过去，两个男人之间一句话都没说。但上周的一天早上，他走到杰夫的房间，似乎有什么话要说。"杰夫瑞，有个忙你能帮得上。"他把一罐抛光蜡放在边桌上。于是，杰夫顶着大太阳，怒气冲冲地在白水泥浇注的车道上忙活了三个小时，为老家伙的沃尔沃和他送给杰夫母亲开的奥迪车打蜡。

而今天，杰夫正在日光浴室的摇椅上看杂志，戴维开了一辆雪佛兰越野车过来，又递给杰夫一罐抛光蜡。他解释说，越野车属于他"理发店四重唱乐团"中的一位绅士，他的手腕不太好。

"你要我给你哥们的卡车打蜡？"杰夫问。

"正是。"老头子说。

杰夫大笑，继续看他的杂志。他说："这招很不错。"老头重重扇了他一记耳光。然后，在日光浴室的砖头地板上，瘦胳膊细腿们哼哼唧唧扭打在一起。口水和四个月的积怨从头发灰白的老头嘴里倾泻而出。杰夫把他摔倒在地，用膝盖顶住他青筋爆出的肱二头肌。杰夫没想要打他，希望过个一两分钟，继父的怒气就会平息。但后者怒气不减，满嘴白沫，猛烈扭动着想要挣脱。杰夫的母亲从屋里走出来，在泳池边痛哭。杰夫告诉老头，他马上松手，为了大家都好，他会离开这所房子。戴维闭上眼睛点了点头。然而，当杰夫挪开压在继父手臂上的膝盖时，老头作势要去咬杰夫的下身。他没咬到，然后，他的牙齿咬在了杰夫裸露在外的大腿内侧，短裤正好掀了起来。他咬破了皮肤。事情到这个分上，杰夫确实感觉自己想要狠狠朝老头的下巴挥几拳。结束的时候，他继父的耳朵里淌出暗红色的血液，他自己的大腿上被咬了个窟窿。杰夫·帕克站起身来，往袋子里塞了几件衣服。然后他从母亲身边跑过，穿过牡丹花园，花园里的喷水装置正开始洒水。

一个警探来到海盗船旁，想要知道莱昂和杰夫·帕克六点十五分时在哪里。莱昂告诉那个条子，当时他就坐在这儿的椅子上，有大约一百个杂种正看着他。杰夫·帕克说他正走在一号公路的路肩上，一路从墨尔本走过来。"这，"警探轻笑着说，"可不是实在人会用的七大不在场证据之一。"

"为什么要问？发生什么事了？"杰夫·帕克问。

"不管怎样，"警探说，"等我们回来给你们提取血液和头发样本后，事情就会一清二楚了。"他记下杰夫的驾驶证信息，接着去买了一只大象耳朵。

等警察走后，艾利斯从发动机房里爬出来。

"你刚才他妈去哪儿了？"莱昂问。

"垫滑轮。"艾利斯说。

莱昂说了警察和DNA样本的事，艾利斯朝地上吐了口唾沫。"这不就是那种经典的狗屎案例吗，"他说，"没有法院指令，他们不能拿走你的头发。"

"他们拿我的去好了，"杰夫·帕克说，"我什么都没干。"

艾利斯笑了："是啊，但就算你做了也不能。"

在海盗船旁边，队伍在入口处越排越长，希拉·克劳奇和她儿子站在队伍中。希拉的脸敷了白色的粉，她的头发也是白色的，她还穿着白色牛仔裤和白色线衫。兰迪绑着蓝色石膏，穿着橙色汗衫，长着粉色脸蛋和黑色头发，好像把颜色都从他妈妈身上吸了过来。

"我才不要坐什么破船，"兰迪说，"我要回家。"

"会很好玩的。我们的票只够一个人坐。"希拉痛苦万分。她的心为杰姆·莱蒙斯悬在身外。她已经为杰姆·莱蒙斯和他儿子祈祷了三次,然而她还是情不自禁地想,亨利口袋里揣着价值四十美金的门票就坐上警车走了,真是莫大的浪费。

她把最后三张门票递给杰夫·帕克,他却说:"我很抱歉,但四张票才能坐。"

"你上吧,女士。"艾利斯说,挥开她的三张门票。希拉谢过他们坐了下来。

"我是这摊破烂的老大。"艾利斯说。

"啥?"杰夫·帕克问。

"只要是长胸部的两条腿生物,就让她们免费上。很有用。伙计,女人会自动送上门来。在这地方,也他妈就这点额外的福利。"

引擎发动起来,两人站在甲板的上层,看着希拉飞散的头发随船身的晃动而模糊一片。

"彻彻底底的金发尤物,"艾利斯说,"我愿意把她那该死的孩子生吞活剥了,就会尝尝他娘胎的滋味。"

警察在寻找一个把小孩带进厕所的男人,这事很快传开了,引发了海盗船边有关犯罪和惩罚的讨论。

"嘿，帕茨，"巨人朝新来的人大叫，"在哪个州见阎王最合算？"杰夫·帕克不知道。

答案是特拉华。"在特拉华，你可以选择他们怎么杀掉你，这就意味着，你还能选择绞刑。"

"所以呢？"杰夫问。

"所以呢，如果他们第一次失败了，让你瘫痪或者怎样了，他们就不得不释放你。这是《权利法案》里写的。目前为止，我还没听说有什么人挺过了注射死刑，但要是绞刑的话，你还有一线生机。你可能会不成人形，但你有二分之一的机会能成。"

镇上的人快要没什么东西好看了。他们曾有一幢漂亮的五层公寓楼，但它楼下建了个污水池。一个大联盟的棒球队曾经来这里春训，但几年前他们离开这里，转投圣塔菲干燥的空气。能看的只剩下柑橘园和大海绿色的虚空。

今晚去游乐场的人，双眼是多么如饥似渴啊！一切都让他们惊喜。艾利斯爬到海盗船高处的铁架上换灯泡，站在支架六十英尺高的顶端，他的球鞋刚刚可以踩到他立足的螺栓帽，人群聚集起来高喊："别打滑！"一个少年偷看到了莱昂的刺青——那是两对五，纸牌的图案扭成一团，还有一个模糊不清的纳粹十字，刺青师好不容易才把图案的角度搞对——海盗船临时成了最受欢迎的项目，孩子们排起长队，只为偷瞧巨人那只可怕的手，体验刺激的快感。

乘客们和获得特许上船的人喜欢看着盖瑞，他是管理"疯狂拉链"的人，那是个锯齿状的椭圆形，而那些锯齿不是拉链，而是快速转动的汽车。当机器开动的时候，盖瑞会穿梭在"拉链"下方，收集从座位上掉下来的零钱和香烟。那些汽车极其危险地撞击到一起，但盖瑞知道安全的间歇期，懂得汽车靠近时会带动强烈的气流。他诡异而流畅地优雅移动着，隐约散发出东方的神秘气息，如同一场关于风的虚幻梦境。要不是盖瑞有点智障，莱昂说，他能在拉斯维加斯的舞台上赚大钱。但他留在这儿，大名鼎鼎，深受游乐场人员的喜爱。

下起一阵雨。人群分散到各个摊位的帆布雨篷下，然后消失不见。杰夫·帕克用拇指和食指来回翻转一枚二十五美分的硬币。艾利斯觉得这个小把戏很了不起，坚持要求杰夫教他。

巨人不喜欢艾利斯让新丁这么出风头。莱昂知道，过不了多久，他的年纪就会让他无法承担搬运铁疙瘩的体力活，而游乐场每两周换一个地方。他的领班地位岌岌可危，年轻人之间的联盟预示着叛变。

"想看看我的魔术吗？"莱昂对杰夫·帕克说。

"好啊。"

莱昂把嘴里的香烟拿下来,把一长条毛毛虫似的烟灰弹在杰夫·帕克的肩膀上。

"急急如律令,你是只烟灰缸。"

一个女人站在海盗船入口处,眼神空洞。"过来吧,女士!"艾利斯朝她大喊,"快过来当海盗!"

那女人的脸就像削了皮的苹果一样茫然天真。"这是哪一种项目?"她问杰夫·帕克,杰夫现在明白她是个盲人。

"是条船,"他说,"你坐在上面,它会晃来晃去。"

"它会升高再下降吗?"

"不会,但它晃得非常快。"

"但不会上上下下?"

"不会。"

"那好吧。我要坐一次。"

她抓住杰夫的手,当他们朝上船的平台走去时,她让杰夫像情侣一样紧紧靠着自己。每走一步,她的脚都会停在半空,寻找她脚下的陷阱。杰夫扶着她粗壮的腰,帮她坐到板凳上。

海盗船开动了,杰夫仔细观察着那个盲女人,如果她开始惊慌,他就准备立即让船停下,但她没有。当船失重的时候,女人旁边的男人惊恐地吼叫着。但那个盲女人却在微笑，好像刚为一个困惑了她多年的问题找到了解答。乘坐结束，杰夫走过去带她走下站台。她靠着他，全身暖洋洋，而且不停地大笑。"谢谢你，非常感谢。"她说，而杰夫为自己在海盗船上找了份工作感到高兴，这机器能从人们身上开采出快乐，就像钻井从地底下开采出石油。

当人群散去，灯光即刻熄灭，游乐场的工作人员登上公共汽车前往嘉年华列车。窗玻璃上蒙着蓝色的污垢。公共汽车上没有座椅。挡风玻璃上方的目的地告示牌上写着：棕榈海滩之旅。

艾利斯的车厢里有一个闲置铺位，是海盗船上昨天溜走的那个工作人员空出来的。杰夫正犹豫不决，艾利斯说："那你就去和墨西哥人睡吧。但正如你所知，他们连大便的臭味都要偷。"

杰夫接受了艾利斯空余的铺位。卧铺散发着潮湿腐烂的味道。但是杰夫太累了，要是能睡觉，那完全就和性和食物一样让他满足。他草草爬进上铺，下巴搁在橡胶枕头上，上面还留着口水渍。

不久，当艾利斯迅猛地在下铺自娱自乐时，床架吱嘎作响。艾利斯完事之后，有了聊天的兴致。

"你会在这儿待上一段时间吧，帕克？"他问杰夫。

"我猜是吧,"杰夫说,"你站那儿,他们就付你钱。"

"等我们不得不把那该死的玩意儿拆掉的时候,你再说这话吧。"艾利斯的手出现在杰夫的床垫和墙壁之间的缝隙中。有一根手指的两节指关节都是淤青。"那个狗娘养的莱昂把一根横梁砸在上面,他还为这事大笑不已。好像我掉了那玩意儿似的。要是他让你或者我丢了性命,我觉得他甚至都不会认为那是糟糕的一天。"

杰夫说他会当心。

"我没有冒犯的意思,但你不知道该当心什么。我会帮你当心。我会当心那些高处的铁玩意儿。光靠自己,没人能在这里活下来。在游乐场,你需要一个搭档。"

"好极了。"杰夫说。想起自己欠那巨人的八十五块,他有种不妙的预感,现在他又欠了艾利斯什么。

游乐场白天的工作会持续十六小时,所以,每到夜晚,嘉年华列车上就会余音袅袅,回荡着人们想在午夜和黎明之间过些寻常生活的声音。

杰夫·帕克的手表显示,凌晨二点二十分,有人踹开他隔壁的车厢门。"你他妈在干什么?"是一个男人的声音。

没有回答,只有一声巨响。杰夫感觉薄薄的车厢在他脚下变了形。

清晨四点十分,杰夫脑袋旁的车厢里,一个女人说:"我的意思是,你他妈把我的心吃了,罗恩。狼吞虎咽地吃下去了,像只美国秃鹰,直接从我胸口挖了出去。"一阵抽泣声,"哦,上帝啊,罗恩,我他妈为什么这么爱你?比你更爱的,只有我的孩子们。不,去他妈的!我爱你胜过我的孩子们。"

"你能闭嘴吗,苏珊妮?你这样让我难堪。"

抽泣停止了,苏珊妮说:"你才让你自己难堪。"

十点钟,在游乐场上,所有工作人员都在中轴线起点处排队领取免费午餐,由县里的消防员友情提供,他们想不出别的办法处理昨晚剩下来的八十磅烤鸡肉。鸡胸还在消防局的冷冻柜里。午餐只上"焦肉"部分,一整只鸡大腿。餐柜摊边站着那个警探。在消防员的太太递出甜点和一片核桃蛋糕之前,警探会要求男员工提起衬衫,检查皮带扣。接着他会拍一张他们的肖像照片,之后他会把照片拿给亨利·莱蒙斯看。

杰夫·帕克独自到农牧帐篷吃他的鸡腿,里面满是燕麦的味道,还有来参加竞赛的牲口,它们不停地叫唤着,让人心情好。

他拜访了笼子里的兔子们,还把手指伸进一只关着偌大灰色野兔的笼子。野兔朝着杰夫的手指张开它粉红色的三瓣嘴,然后狠狠咬下去。当杰夫把手指抽回来时，指尖正肿起一个血泡。"我是参加肉类竞赛的加州荷兰种。"笼子上的标志写道。

杰夫听见帐篷另一头传来哗哗的自来水声。一个大约十四岁的男孩正站在一头黑得发亮的阉牛旁边。他将桶里的水全部沿着牛的背脊倒下，肥皂水化成白花花的水滴流下，就像蛋糕上的糖霜。他把牛冲干净，然后用苏格兰梳子顺着牛的肋骨梳理起来，将水滴梳进木屑中。梳子留下的齿印中，阉牛的皮毛像柏油一样发光。

男孩梳理完牛身一侧的毛发，才转身发现了杰夫。男孩名叫查德。他很干净，洋溢着健康的气息，杰夫被他吸引住了。"好漂亮的公牛。"杰夫说。

"是阉牛。"查德说道。

"有什么区别？"

"阉牛没有蛋蛋。想买下它吗？"

"多少钱？"杰夫问。

"低于一千两百美元我就不考虑。"

"你当肉牛卖？"

"是啊，做牛肉。"

"如果它要被杀掉吃肉，那还费劲把它打扮得这么好看不是很奇怪吗？"

"总有一天你也会成为一堆死肉,但你早上还是会梳头,"他说,"或者,应该梳下头。"

男孩拎起水桶,消失在牛背后面。

杰夫·帕克坐到宠物园旁的草垛上,看一只鹅追逐一只迷你猪。他没坐多久,就发现艾利斯站在围栏远处,正看着他。艾利斯俯身挠着迷你猪的鼻子,小猪满足地哼哼着。

"有次我扒了一头猪的皮,在阿肯色州,我小时候。"他说,然后在一张板凳上坐下来,"用剃刀。还自个儿把它给切开:腿、肩、肋排,所有部分。鹿啊,松树啊。我能剥了所有东西的皮,小菜一碟。"他摇了摇头,"这儿没人知道这事。这儿没人知道有关我的任何事。"

杰夫·帕克说他有相同感受。

艾利斯笑了:"你和我很像。你很安静。很内向。这很好。"

"我猜是的。"

艾利斯拍了拍他身侧的板凳。"到这儿来。"他说。杰夫走了过去,但没有坐下。"你看着在为什么事难过。看来有心事。"

"没什么事,"杰夫说,"有些累,我觉得。"

"啊哈!"艾利斯不怀好意地笑着,说道,"你没法骗倒我。不单单是累了。我看得出来。"

年轻的放牛娃漫步走过,牵着他闪闪发光的牛。艾利斯转过身去。他注视着男孩的样子，猛然让杰夫感觉到一股令人不安的专注，他的脑袋随男孩的步伐微微晃动，好像这场面必须用更完美更长久的方式记录下来。一个画面闪进杰夫·帕克的脑海：艾利斯和那个男孩一起挤在移动厕所里。杰夫不记得艾利斯曾排队领鸡腿、拍照片或是领甜点。他考虑要找警探说说艾利斯的事，但不确定自己能否把这些细微的线索组织成语言又不显得神经错乱，或者引火烧身，杰夫放弃这个打算回到海盗船去。

下午，人潮渐渐散去。莱昂坐在狗屋里，吼出一篇谎言组成的叙事诗。

"他们说我肩胛骨上生了癌，要花一万块才能治好。我没这么做，而是喝下黑麦酒，我的朋友带了一盒刀子过来。他挖了一堆这种紫色小石子出来，从那以后我一直好好的。"

"你见过那部史蒂夫·马丁演的电影吗，讲马戏团的那部？我参演了一小部分。然后，有一天他来找我——史蒂夫·马丁——让我去帮他拿瓶根汁汽水，动作要快，否则他要废了我。知道我干了什么吗？转身给那狗娘养的来了一斧子。"

艾利斯笑了，杰夫坐在高处的甲板上，背朝着他。他在想念自己在墨尔本的卧室。大腿上的伤口一阵悸动，他凝神思索着因细菌而无比卑劣的人类口腔。

"我们让帕克闷闷不乐,莱昂,"艾利斯对巨人说,"我觉得他不再喜欢我们了。"

"我只是不太想说话,艾利斯,"杰夫说,"有问题吗?"

"狗屎,当然有问题啦。你让时间过得太慢了。"

艾利斯从狗屋的纸板箱里拿来一只灯泡,指向海盗船高处。绕在色眯眯的海盗头顶的那串电灯泡坏掉了一只。

"去吧,帕克,爬上去。"艾利斯说着把灯泡递给杰夫。

帕克盯着要爬过的距离,那把五十英尺高的伸缩梯靠在支架背后,腿上绑着尼龙绳。光是看着,他就挪不开双腿。

"我还以为——我还以为你说过你会负责高处的工作,艾利斯。"杰夫·帕克说。

艾利斯嘬着一只牙齿。"我改主意了。"

杰夫把灯泡叼在嘴里,慢慢爬过支架。梯子缺了几级阶梯,爬的时候他双手颤抖。快要爬到顶端的时候,突然有阵风晃动了梯子。"啊!"杰夫情不自禁地说。灯泡从他嘴唇间飘落,碎在甲板上。

"三块钱,"巨人朝他喊道,"这些狗屎玩意儿可不是树上长出来的!"

非周末的晚上,你可以花十块钱买张特殊的黄色通行证,想坐多少趟都行。一个十五岁的女孩子排队坐了九次海盗船。室外很热，但她汗流浃背地穿着件毛茸茸的橙色运动衫。她一刻不停地吮吸游乐场卖的夜光糖。每次杰夫·帕克拽着她大腿前的横杠确保它已经锁牢时，都会偷偷瞄一眼她牙齿后面闪烁的绿光，那既代表哀伤又代表抚慰的光亮，空荡荡的大街上，寂寥的小屋会从窗户里发出这样的光亮。他觉得那是为他而存在的光。

"我是凯蒂，"坐到第十趟的时候，她告诉他说，"我看见你这么多次了，觉得应该做下自我介绍。"

他说了自己的名字。"我不知道你怎么能不停地坐这玩意儿。坐一次都可能让我吐出来。"

"你在这儿站了一整晚，却一次都没坐过？"

"没有。"杰夫说。

光亮在她舌头上跳动。"我一整天都没听过这么傻的事情。嘿，你能帮我个忙吗？"

"什么忙？"杰夫问。

"这次你能让它开得久一点吗？"

"我试试看。"海盗船开动了。当船晃动的时候，凯蒂看着他，而他则注视着她碧绿色嘴唇中那道模糊的光。

摇晃停止，她到"时光倒流村"去看斧头戏法，但二十分钟后，她又回来了。

"记得我吗?"她对杰夫说,打招呼的时候把手指塞进杰夫的手掌。

"不记得。"他说,露齿而笑。

"噢,闭嘴。你记得的。"

座位还没坐满前,他还有时间和她闲聊。

"你知道什么秘密吗?"她问他。

"知道。"

"游乐场的事情,我是说。比如,你能教我怎么赢那些游戏吗?"

"首先,别招惹他们。"

"嘿,别尽说些陈词滥调。他们没告诉你秘诀?"

"说了,但我不能告诉你。"

"为什么不能?"

"我不知道。他们会拿我喂美人鱼。"他指了指中轴线对面的"魔女巫婆馆",三个漂亮的女士正穿着比基尼上衣和鱼尾巴在波光闪闪的树脂玻璃里扭动。

"听起来你被吓坏了。"

当海盗船停下时,她喊他过去。

"嘿,"她对杰夫说,"他们会允许你走开一阵吗,还是你必须整晚都站在这里?"

"九点钟会有半小时的时间。怎么了?"

她耸了耸肩。"不知道。或许你想闲逛一下?你可以帮我赢点破烂。"

"好啊。"杰夫说。

"那边见怎样,在扔硬币的地方?"

"没问题。"

"好啦,让这玩意儿动起来吧。把我荡得越高越好。"

夜幕降临,"跳舞的拉链人"盖瑞收到了给他的信。他看着那方折叠起来的玻璃纸,在迅速降临的夜色中飘落。机器停下来时,他走进狗屋打开信封,让他喜出望外的是,里面装着一小坨棕色海洛因。在狗屋的地板上,他找到一张锡纸,边上还有辣酱热狗留下的污渍,他把纸头折成方形。将锡纸稍稍倾斜后,他将迷幻药抹在上面,再将打火机放在锡纸下。那坨药融化滚动,留下冒着烟的痕迹。盖瑞紧闭双唇吸着那烟雾,闻到一阵醋和腌牛肉的味道。

乘客们在等待。他走出去把他们锁进车内,然后他发动引擎,钻到机器下为了更多坠落的礼物而跳舞。但现在,盖瑞的意识在旋转,猝然下降的事物比"拉链飞车"单调的动作要更加迅猛,席卷了整条震颤的中轴线,而在这一切之下,是这个星球更加宽广、更加精妙的旋转。当他迷失在与旷远处那些旋转事物的交流中时,他错过了飞车的节拍,没能感觉到吹过他肌肤的气流。一辆高速行进的汽车将铁质的车头重重敲进他的后脑勺。汽车带着他走了一段,然后将他扔在沙地中。

杰夫·帕克去壳形演奏台旁用煤渣空心砖盖起来的厕所。在当作镜子用的方形铝片中,他看见一张陌生的脸正看着自己。他阴沉地黑着脸。他的眼睛亮得不太正常。

他走到付费电话旁,打电话叫他母亲来接他。

"你可以开车到诺顿海滩来吗?"他问她。他解释了嘉年华会上的事情,说他想回家。

"嗯,我觉着听起来非常丰富多彩,真的。"

"不是的。来接我。"

"戴维断了一根肋骨,"她说,"这不是你的错,我知道。据我所知,你们都是野蛮的白痴。要不是我太没胆,早就已经让你们两个滚得远远的,我孤独地度过我的余生,就这么着吧!我是个胆小鬼。"

"你能来接我吗,求你了。"

"你要求的事没有可能。我不能把你带回这里。"

"你能给我汇点钱吗?"

"我的钱包里少了五十块。"

"是四十。"

"啊,我道歉。"她说。

"上车吧。"

电话线里静默了片刻。她叹了口气:"听着,我很抱歉,但现在时机不对。汉德森一家一小时后就要到了,我还要往洋蓟里填料。两三天后再给我打电话,我们把事情都说清楚。但说真的,我觉得从某种程度上来说,这是好事。你需要尝尝火烧屁股的滋味,我觉得。"

《诺顿海滩信息报》的年轻记者本来正在负责"未来美国农民"杯鸭子赛跑的报道,现在他重新给自己布置任务,负责起"拉链飞车"负责人头部意外受伤事件。盖瑞陷入昏迷,没什么可能再醒过来。这记者,年纪不比杰夫大多少,在海盗船边停下脚步,希望听认识盖瑞的人说上几句。他朝莱昂和杰夫挥舞着他的圆珠笔,但两人都拒绝开口。艾利斯倒很想和这个年轻人说话。"盖瑞是非常非常大方的人,"艾利斯说,"这是他最主要的特点。"

记者飞速记下这条情报,然后带着叫人厌恶的微笑看着艾利斯。"你知道公司办公室里都在传什么说法吗?几年前,盖瑞因为染指一个四岁的小孩而在杰克逊管教所里蹲过。"

他点了支烟，故意卖着关子说出这条对"拉链飞车"负责人不利的坏消息。"当然，他们想把那天晚上的事情栽赃到他身上，但在我看来，这说法一点都站不住脚。"他深深吸一口烟，眯起眼睛看着旋转飞椅，好像旋转飞椅也一点都站不住脚。接着他走向"罗伊的投环游戏"，扔起了篮球。那个记者五投三中的成绩颇令人景仰，因为铁圈被动了手脚，还小得跟菜豆似的。

FFA 杯阉牛比赛正在农牧帐篷中进行，查德和他的黑色阉牛也在。他穿着一件鲜绿色的马甲，系着领结，和五六个站在他身边的男孩和女孩一样，用带小钩的细棍子戳着自家牛的肚子。

裁判豪莱斯·泰德是个神色和善、满脸红光的人，条纹衬衫紧紧裹着他的大肚腩。在他指挥下，所有参赛选手领着他们的牛围成一圈，庄重地行进。走了三圈之后，泰德把一些木屑从他的牛仔帽上拂去，开始对着麦克风说话。"作为这次比赛的裁判，"他说，"我要追求的是整体效果，要一条身材修长又高大的阉牛，动作要协调又阳刚。今天晚上，这些年轻人带来了几头很优秀的牲口，但我想把第一名授予……查德的黑色布兰格斯菜牛，多米诺。查德，你到这里来，说几句有关如何养育多米诺的话吧。"事实上，多米诺的关节有些弯，而最优秀的那头阉牛，一头白色的夏洛来牛如此完美无瑕，仿佛是由肥皂雕刻而成，但它的主人是一个长着严重暗疮的古怪男孩，身穿皱巴巴的衬衫，泰德觉得他不会给FFA增光添彩。

查德畏惧地看着麦克风。他对着它说话的声音只比耳语响一丁点。"它非常大器晚成。它对笼头态度强硬。"

当查德对着空无一人的看台喃喃自语时，豪莱斯·泰德用衬衫袖口擦拭着皮带扣。他很为这个皮带扣骄傲，那是一个银质的椭圆，中间点缀着一轮绿松石月亮，是他女儿在高中时为他做的。现在她住在圣塔菲，但他已经好几年没她的消息了。泰德牵挂自己的女儿，但皮带扣给他带来安慰，似乎做着某种保证，保证她一切都会好。

比赛结束。查德带着他的蓝色绶带走了。那个拥有白色阉牛和糟糕脸颊的男孩因为保存着最整洁的日志而获得了表扬。

泰德要在这里逗留一个星期。他在距离这儿两小时车程的西面有块小牧场，在基西米郊外，他在那里养着几十头皮包骨头的牲口和他老婆坚持要养的羊驼群。在他年轻的时候，泰德骑过参加比赛的野牲口，后来还开过赛车，所有快到让人来不及思考的东西都会吸引他。但对于各种游乐场项目那毫无意义的速度，他一点都没兴趣。看着游乐场飞速旋转的天际线，他情不自禁地想起人能经过的所有土地，能运送的所有牛肉。他还想起昨天晚上

"蜜罐"里的男孩，然后感到愉悦的痛楚，像是胸骨被珠宝匠的工具击中。他体内有种要四处闲逛的冲动，但他压制了下去。取而代之，泰德走向他唯一喜欢的项目"悬崖垂吊"，那是一排悬在滑翔机机翼下的吊床。机翼和吊床都被固定在一圈铁环上，当它转动的时候，会在液压吊臂上向高处升腾。它是个温和的游戏项目，由一个好心的机械师设计，比起赤裸裸的恐惧，他更喜欢惊奇。你悬空俯卧着，感觉像鸟类一样飞翔。高举手臂。骤然升高，流畅地飞翔在游乐场上空，泰德无助地傻笑着，夜风快速向他袭来，如同一个甜蜜的笑话。

"看着点，混蛋。"一个骑摩托车的女士对杰夫·帕克说。她穿着一双带马刺和流苏的昂贵靴子。他急着去找凯蒂的时候，踩到了她的脚趾。但帕克已经沿中轴线跑远了。他带着多么滑稽的热切，去见一个交谈不超过五分钟的女孩。凯蒂和她闪着绿光的牙齿，他说不上为什么，但自从那个老头在阳光房里袭击他以来，她是唯一让他觉得有意义的事物。催促着他的并不是性冲动，而是让他眩晕的钟情。他想象着她的房间，在一间远离这儿的屋子里，整洁干净并散发着少女的气息。这个念头让口水在他舌头下聚集。

但她没有在投币机那里等他，那里仅有的顾客是两个老女人，正把硬币扔向可怜巴巴的奖品：模糊的玻璃啤酒杯，一堆泛黄的汗衫，写着晦涩口号的马克杯："鼻子国家回收项目""硫化城市爷爷"。趁管理员没有注意，杰夫·帕克用鞋尖伸过绳索，拖过来三枚硬币。

十五分钟过去了，凯蒂还是没有出现。杰夫感觉像是遭遇了小偷。他没有在"撞大运"摊子前找到她，在那里的凹槽里，你花五块钱就能从一袋动过手脚的泥巴里筛出不值钱的宝石。"黑色乐队""闪电侠""赶牲口""火球"以及"太空船2000"都没有，厕所和"时光倒流村"也是。快到十点的时候，他在孟加拉虎笼子边正嘲笑辱骂的人群中发现了她橙色的运动衫，她正在看那只大猫跨出不连贯的步子。杰夫叫她的名字，但她因为旁边的女孩说了什么而大笑起来，所以没有听见。他快步走向她，把手搭在她肩膀上，将她拉向自己，力气大到使她的脑袋猛然后仰。人们转过头来。她的嘴巴好看地大张着，但嘴里的光线已经熄灭。

一切破碎,一切成灰

我们正要回归陆地上的日常作息,飞龙和虫灾却开始跨越北海前来肆虐。我们都知道是谁干的。那个变节的挪威僧侣名叫纳多德①,过去十来年一直在研究对付飞龙与害虫的符咒。他已声名在外,谁掏得出银子就为谁卖命。有传言说纳多德这是在为林迪斯法恩岛②上的修道院效力。去年秋收后横扫诺森布里亚的洗劫中,我们给那里的人制造了不少麻烦③。现在凛冽的寒风正从西方呼啸而来,使土地荒芜,牧草连根拔起。鲑鱼变得伤痕累累,铺天盖地的蝗虫嗡嗡地啃着小麦。

---

① 历史上真实存在名为纳多德的维京人,来自法罗群岛,被认为是发现冰岛的探险先驱。
② 位于英国东部纽卡斯尔与爱丁堡之间的小岛,7世纪时成为英伦三岛的宗教和文化中心,著名的《林迪斯法恩福音书》诞生于此,该岛又被称为圣岛。
③ 据《盎格鲁-撒克逊编年史》记载,维京海盗的一支于公元793年袭击林迪斯法恩岛和岛上的修道院,在西欧基督教世界引发恐慌,这被认为是"维京时代"的开端。

我尽量不去想这些事情。我们曾花了漫长的三个月时间,离开家乡前去侵袭爱尔兰海岸,如今我已回到妻子琵拉身边,并且觉得在这长日无尽的夏天,家园几乎就是天堂。琵拉和我,我俩共同建造起我们的家。那是座带篱笆墙的小屋,建在一片美丽的旷野上,碧蓝的峡湾在这里深入陆地。夏日的黄昏,我和我年轻的妻子坐在屋前,在地瓜酒带来的微醺里看落日将它橘黄色的裙裾洒在地平线上。这样的时刻,你会心生美好而谦卑的念想,好像众神先创造了这片土地、这个时刻,然后才想起要创造出你,只为让你享受这一切。

我正和琵拉一起,大肆吃喝玩乐,终日无所事事,但我明白正在屋外呼啸而过的凄厉风声意味着什么。三天航程之外的某些家伙正准备毁掉我们的夏天,他们也很需要被鞭子抽一顿屁股。

当然,伽尔夫·费尔赫尔早在他老婆发现那些沿海岸侵入内地的飞龙前就已经抄起了家伙。他是我们船上的老大,也是战争狂人。他对战斗的热爱是如此震慑且蛊惑人心,有次他曾鼓动起一批法兰克奴隶,带领他们向南大肆凌虐自己的同胞。他享受了四天的烧杀抢掠,这些奴隶才开始看清楚状况,突然倒戈相向。伽尔夫原本正沿莱茵河谷一路奋战,稳步战胜由小屁孩和农民组成的半吊子民兵队,奴隶却在此时从身后包抄他。当时在场的人说,他彻底发飙了,暴怒地挥舞一双大斧,啃玉米似的解决掉一拨拨进攻。斧子砍坏之后,他又抄起别人的断腿当棍子用,那场面是如此恐怖,吓得温和的乡巴佬们对他退避三舍。

伽尔夫来自施莱湾畔石勒苏益格省的海泽比①,那片穷乡僻壤上的人们懂得如何在悲惨的生活里苦中作乐。那里还有个风俗,如果一个孩子降生时的长相不招人喜欢,他们会把他抛进深海,接着等下一个孩子的到来。据推测,伽尔夫该是个得了疝气痛的婴儿,当他父亲想把他从这个世界上清洗掉的时候,多亏潮汐的帮忙和他自己可怕的坚韧,他才得以抵达远方的海滩。

自此,他一直从事着复仇行动。我大概是在对抗"虔诚者路易"②的搜索与破坏之旅中和他同行,亲眼见他爬到那些士兵的背上,踩着他们的肩膀阔步前行,一路收割他们的头颅。也是在那次远征中,当我们粮草不足时,是伽尔夫决定把阵亡的自家弟兄扔到火上,让他们的肚子爆裂,得到晚上吃的羊肉。除了那个随队担任解咒师的阿拉伯疯子,伽尔夫是我们中唯一下得了手的人。他把手伸到那些人肚皮裂开的地方,用一块松树皮掏出咀嚼过的食物。"没见过世面,"他这么说我们,火光在他脸上跳跃,"粮食就是粮食。要是这些孩子没翘辫子,他们也会这样讲。"

---

① 最古老的北欧城市之一,公元9世纪时曾是丹麦北部最重要的贸易中心,长期被挪威海盗占领。
② 虔诚者路易,生于公元778年,814—840年间在位,又称路易一世,法兰克国王。

伽尔夫的老婆是个脾气乖张又碎嘴的女人，算不上恋家的好理由，所以他迫不及待要跳回船上，去摆平诺森布里亚的麻烦。我的好友古努特，就住在我家麦田前面那边怪石嶙峋的冰川上，一天下山来时，他承认也在考虑这事。和我一样，他并不热衷舞枪弄棍。他只是对船欲罢不能。要是有人能发明船头会割草的船，他会划着船从他的小屋去茅房。他的老婆几年前去世了，变质牛奶害的，如今她已不在，古努特身体里在陆地上也能感到平静的那部分也患病死去。

琵拉看着他下山来，面露愁容。"不用猜都知道他想干什么。"她边说边走进屋里。古努特信步走下山丘，在我和琵拉放那儿的一对木桩椅边停下脚步，那里的景色美得很。从那儿看，峡湾的海滩像流淌的白银，有时你还能看见从波浪间探出脑袋的海豹。

古努特的羊毛大衣因为污垢而变得硬邦邦的，他的长头发又脏又重，即便是湿冷的大风也要花大力气才能吹动它们。他的胡须里结着好大一坨鼻涕，很不赏心悦目，但话又说回来，他身边也没个人去发现它恶心。他从地上扯起一株嫩石楠，嚼着它带甜味的根。

"伽尔夫找你没有？"他问。

"没，还没有，我可不担心他会忘了这事。"

他从嘴里拿出石楠，就这么塞进耳朵里，然后才扔了它。"你想去吗?"

"要先听到具体计划,我才去。"

"你不用猜也知道我会去。昨天晚上一条九头蛇飞来带走了罗尔夫·希尔达的羊。我们不能再忍受这种破事了。要说这事关系着什么的话,这事关尊严。"

"见鬼,古努特,你什么时候变成这么卖命的混蛋了?阿丝翠德归西前,我可不记得你这么讲尊严,这么爱闹情绪。不管怎么说,林迪斯法恩很可能已经歇菜了。难道你忘啦,上次扫荡时我们把那些人的好东西都抢走了,我怀疑他们在这段时间里攒起来的东西,不值得我们走一趟。"

我希望古努特会继续说下去,坦白这里的生活让他孤独难过,他不是在享受战士的闲暇。光看着他我就知道,绝大多数日子里,他都想走进海中然后不再回头。他想要的不是战争。他想要的是回到船上去,呼朋引伴。

简单说来,我也不是很讨厌找份这样的工作,但我想和琵拉一起多过些恩爱日子。我在乎这个女孩的程度可能比她知道的还要深厚,而且我希望在收割季节到来前好好和她欢爱一番,看能不能为我们俩造出个小捣蛋来。

但随着时间过去,气候持续恶化。琵拉密切关注着,内心越来越悲伤,就像每次我要动身前一样。有时她会对我破口大骂,其余的日子里她则拥住我哭泣。一天深夜，离天亮还早，下起了冰雹。冰雹来得很突然，发出令人坐立不安的声音，就像船的龙骨擦过岩石。我们蹲在羊皮下，我轻声对琵拉说着抚慰的话语，试图盖过噼啪的声响。

太阳还没完全升起，伽尔夫就来敲门。我起身走过地板，地板被寒冷的露水打湿。伽尔夫穿着防雨外套、拿着盾牌站在门口，喘气的样子仿佛他这一路都是快步跑过来的。他将一把冰雹砸在我脚边。"就是今天了，"他咧开嘴大笑着说，"我们得行动啦。"

当然，我本可以对他说不必客气，但如果你拒绝过一次工作邀请，那他们肯再让你参与报酬固定的行动都已算走运。我必须做长远的打算，为了我和琵拉，还有我们可能会降生的小家伙们。尽管如此，她还是不想听到这种事。当我回到床上时，她用被子盖着脸，希望我以为她是在生气而不是在哭泣。

我们启航的时候，云层低垂在天际。船上共有三十个人，古努特和我一起在船头划桨，身后好些人以前都和我一起干过龌龊的勾当。有些人的家人来送行。奥尔斯坦德因为向他的儿子挥手而打乱了划桨的节奏，孩子也站在海滩上朝他挥手。他是个小不点，还不到四五岁，光着屁股站那里，怀抱一只系皮带的小猪。船上有些人并不比他大多少，都是些鲁莽暴戾的孩子，对世界如此无知,握手的当口就可能一刀捅了你。

古努特乐翻了天。他又笑又唱,用力划着桨,而我只是把手搭在上面装样子。我已经开始想念琵拉。我打量着海滩寻找她和她耀目的红头发。她没来为我送行,我的离去让她恼火伤心得都无法下床。但我依旧寻找她的身影,每次挥桨都让陆地渐行渐远。古努特或许知道我很心痛,可他没有说。他推了推我,开着玩笑,滔滔不绝地说着无聊而愉快的话题,好像这一切都是我们两个凭空想出来的私人度假旅行。

伽尔夫站在船头,面色通红。他高昂的兴致正逐渐降温。石勒苏益格人会毫无缘由地唱起歌来,他们对音乐的喜爱和他们的破嗓子几乎相当。他扯开嗓子唱起一首民谣来,一唱就是几个小时,他那帮年轻的狗腿子跟着他咆哮,搞得谁都不得安宁。

过了三天,阳光刺破肮脏的云层,在海面洒上一层牢不可破的光芒。它晒干了我们衣服里的海水,让大家干爽又开心。我情不自禁地想,要是纳多德真如我们想的那般有两把刷子,这次跨海航行是个绝妙的机会,正好招来台风把我们这些旱鸭子都淹死。但好天气持续着,海面平静无波。

日头变得比在家时短,没有整晚的太阳照射使我们在船上更容易入睡。古努特和我就在划桨的地方睡觉,彼此将就着想在长凳上睡得舒服些。有一次我在半夜醒来，发现古努特睡得死沉，嘟囔着，口水直淌，还用力抱住我。我试图挣脱，但他很高大，他的铁臂紧紧箍住我，仿佛是长在我身上似的。我对他又是戳又是吼，但这大个子就是醒不过来，于是我努力往上挪了一点点，等他伤不到我的肋骨后，重又睡了过去。

后来，我告诉他发生了什么。"那都是瞎说八道。"他说着，宽脸庞就红了。

"我倒希望是，"我说，"但我可以把瘀痕给你看。嘿，要是哪天我要求当你的小白脸，帮我个忙，记得提醒我一下昨晚上的事。"

他彻底毛了。"见你的鬼去，哈罗德。你一点都不好玩。没人觉得你好玩。"

"抱歉，"我说，"我猜最近你没能好好体验一下晚上身边有人的滋味。"

他停下桨。"没有又怎样？"

多亏了把我们的船帆吹得鼓鼓囊囊的轻风，我们迅速穿越海峡，早六天见到了岛屿的踪迹。某个狗腿子最先发现了它，他看见的时候，不停吹着令人厌恶的战争号角让所有人都知道。他拔出剑来在头顶盘旋挥舞，害得他身边的人纷纷逃离上船舱。这孩子绝非善类，长着张秃鹰似的脸，脸上的疮疤比胡子还多。我曾在家乡见过他。他的皮带上挂着三根被剁下来的、发黑的拇指。

阿肯·高斯塔坐在船尾的位子朝前看，厌恶地瞟了一眼那个年轻人。阿肯参加过的袭击和航行比我们所有人加在一起的次数还要多。他年老体弱，之所以负责掌舵，部分原因是他靠手掌的血流就能判断潮汐，也因为他衰老的手臂已经没力气划桨。"把你的屁股坐回去，年轻人，"阿肯对那男孩说，"从这里到那边还得再奋战十二个小时。"

男孩脸红了。握剑的手臂垂了下来。他看着自己的伙伴，想知道自己有没有在他们面前丢脸，如果丢了脸，又该如何。整条船上的人都在看他，甚至连伽尔夫都暂停了演唱。和他同坐一条板凳的男孩低声说了什么，然后快步走开了。那男孩坐下来，接过了桨。人们继续开始划桨聊天。

你可以说那些生活在林迪斯法恩的人都是蠢货，住在一个没有陡峭的悬崖或是天然屏障保护的小岛上，还离我们这么近，也离瑞典人和挪威人很近。在我们看来，实在是非经常过来打劫不可。但当我们驶入明媚的小海湾时，一片静谧笼罩了我们所有人。即便是那帮毛头小子都停下挠屁股的手，观看起来。这片广阔的土地长着大片紫色蓟草，当风吹过，它们摇晃翻滚，像某种漂亮的动物在睡梦中扭动身体时牵动了皮毛。山丘上长着一簇簇红色的野花。沿海岸种着成排的苹果树，它们那被累累果实压得很低的枝桠透着某种忧伤。你能看见有个男人正向一片刷着白墙的小屋走去，他的驴在他身后驮着货物低头走路。在远处的山上，我能辨认出修道院黑色的轮廓，自从我们上次烧掉屋顶后，如今依旧没有复原。那是个好地方，我希望等我们下船洗劫的时候，里面还留有好东西供我们享受。

我们在海滩上聚集，伽尔夫已经开始摩拳擦掌。他用力压了几次腿，在我们面前下蹲了几下，又摆了几个姿势，咯咯松着骨头，舒展开紧张的肌肉。然后他闭上眼，无声地祷告一番。他的眼睛还没睁开，有个穿长袍的男人出现了，他跨过蓟草走来。

阿肯·高斯塔把一根手指伸进嘴巴里掉了门牙的地方，拿出手指后从缺口处吐了口唾沫。他朝着向我们走来的人点了点头。"天啊，那杂种还真有两下子。"他说。

那男人径直向伽尔夫走去。他站在他面前，摘下兜帽。他的头发稀疏地遮住头皮，变白前很可能是金色。他很苍老，脸上的皱纹像是刀尖刻出来的。

"纳多德，"伽尔夫说着微微点了下头，"你似乎正等着我们来呢。"

"我当然没有。"纳多德说。他抬手按住脖子上那个粗糙的木头十字架。"我也不想和你们客套,假装这是个大大的惊喜。坦白说,这里没留下多少东西好抢,所以说,确实,我不理解。"

"啊哈,"伽尔夫说,"难道你不准备和我们说说冰雹、蝗虫和狗屎,或者一群群该死的飞龙,飞来飞去把大伙的老婆吓得尿了裤子。你对这些都一无所知是吧?"

纳多德向上摊开手掌,慈悲地微笑着:"不,我很抱歉,我并不知道。我们确实给大文洛克的西班牙守军送去了猴痘,但说实话,没朝你们那个方向送任何东西。"

伽尔夫的声调变了,他的声音变得响亮而和善。"啊。好吧,这倒是个问题。"他向我们转过身来,抬起双手。"嘿,孩子们,实在不想打断你们,但听起来有人在这里搞了点状况。老纳多德说不是他干的,只要他一说出是谁他妈给我们惹出这么多麻烦,我们就原路返回。"

"好吧,"纳多德很不自在,我看见他全身一阵哆嗦,"如果你们会经过麦西亚[①],我知道他们刚抓住一个叫艾瑟瑞克的人,据说是个很厉害的角色。你知道,去年他引发的麻风病在……"

伽尔夫咧嘴笑着,不住地点头,但纳多德突然变得面无

[①] 公元5世纪到9世纪,盎格鲁-撒克逊部落结成联盟,由肯特、萨塞克斯、威塞克斯、埃塞克斯、诺森布里亚、东盎格利亚和麦西亚七个小王国组成,史称七国时代。麦西亚位于今英格兰中部。

血色。

伽尔夫的皮带上插着把小刀,当别人抽烟斗或嚼种子的时候,伽尔夫喜欢磨那把刀。它的刀刃利得只有指甲那么薄。拿着那玩意儿,你都能给仙女刮屁股。当纳多德说话的时候,伽尔夫掏出刀来干净利落地捅进了神父的肚子。眼见鲜血泼洒在白色的贝壳上,所有人都拥上前来,叫嚷着挥舞他们的剑。伽尔夫高兴得近乎癫狂,他上蹿下跳,吼叫着要所有人安静下来看他怎么做。

纳多德还没死。他的内脏几乎都流了出来,但还在呼吸。他并没有叫喊或者怎样,为此你不得不对他刮目相看。伽尔夫蹲下身把纳多德翻了个身,让他面朝下趴着,又把一只脚踩在他腰上。

古努特就在我身边,他叹息着抬手遮住眼睛。"噢,老天啊,他又要做滴血老鹰?"

"是啊,"我说,"看来是这样。"

伽尔夫抬手示意大家安静。"现在,我知道大部分老前辈已经见识过这个了,但有些年轻人或许还没有。"那帮毛头小子傻笑起来。"我们称之为滴血老鹰,你们只要乖乖坐好就能看见了,嗯,这玩意儿效果很是刺激。"

人们退后几步让伽尔夫有空间施展手艺。他把刀刃放在纳多德的脊椎边。他俯下身,兴致勃勃地把刀插进去,沿一根肋骨吱吱嘎嘎地划着,直到划开一道约一尺长的切口。他停手擦去眉毛上的汗水,然后在脊椎另一边划出一道对应的切口。然后他跪在地上将双手伸进伤口。他四下摸索了一会儿,接着把纳多德的肺从切口扯了出来。当纳多德喘息的时候,肺叶起伏着,看起来有些像一对翅膀。连我都不得不扭过头去,这玩意儿太瘆人了。

年轻人们咆哮起来,而伽尔夫站在那里,指挥他们鼓掌。接着,在他命令下,他们都掏出围攻修道院的武器,朝山上拥去。

只有古努特、阿肯、奥尔·斯坦德和我没有去。奥尔看着其他人成群冲向修道院,等他确定没有人在回头看时,走到奄奄一息的纳多德身边,用斧头背面大力敲向他的头盖骨。当那对肺停止颤动时,我们都松了口气。奥尔叹了口气,为他祈祷。他吟诵了一段葬礼祷词,大概的意思是说:他不了解这个人的上帝,但他很抱歉,他谦卑的仆人被过早地送上了天,而且,还是因为一个狗屁借口。他说他不认识这个人,但他的来生或许该过得更好。

"大老远漂过来就为干这种蠢事,家里还有一堆等着剪毛的羊呢。"阿肯抱怨道。

古努特微笑着,侧头看向天空。"我的天啊,今天天气真好。让我们到山上去,看看能不能找到点吃的。"

我们走到山上的小村庄。再向上一点，修道院所在的地方，年轻人们已经开始了一场真正的狂欢。他们把六七个修士拖了出来，吊在一棵树上然后点火烧树。

因为一路划桨，我们的手变得僵硬粗糙，所以我们在村子中央的一口井边停下脚步，洗手喝水。我们意外地看到那个腰带上挂着拇指的孩子从一排白蜡树中冲出来，身后拖着一个半死不活的可怜村民。他走到我们站着的地方，任凭被他折磨的那个人倒在尘土飞扬的路上。

"真不错呀，"他对我们说，"你们倒是很有头头儿的架势，就这么闲站着，看别人忙活。"

"怎么啦，你个小兔崽子。"阿肯说着反手抽了那小子一嘴巴。那个躺在尘土中的人抬起头轻声笑了。年轻人涨红了脸。他猛地从剑鞘中抽出短剑刺进阿肯的肚子。有一瞬间万籁俱寂。阿肯低头凝视着血红色印迹在上衣上蔓延开来。他看起来气得不行。

那个年轻人意识到自己做了什么，他面露愁容，像个准备靠噘嘴撒娇逃过一顿屁股的孩子。当阿肯一剑干净利落地齐眉劈开他的脑袋时，他依旧保持着那种表情。

阿肯擦干净自己的剑，又看了看自己的肚子。"狗杂种，"他说，用指尖摸索着伤口，"很深。我觉得这下死定了。"

"瞎说八道，"古努特说，"只要你躺下缝起来就好。"

奥尔是个心软的人，他向年轻人扔下的那个人走去。他把那人扶起来靠在井边，给他一只水桶喝水。

路对面，一个干瘦的老农夫从他屋里出来。他凝视着修道院的滚滚黑烟飘过海湾。他朝我们颔首示意。我们走了过去。

"你们好。"他说。

我向他问好。

他斜眼打量着我的脸。"怎么啦？"我问他。

"抱歉，"他说，"只是觉得我认识你，没别的。"

"有可能。去年秋天我在这儿扫荡过。"

"啊哈，"他说，"这话挺好笑的。不明白你们为什么还回来。上次抢劫时你们已经得到所有值点钱的东西啦。"

"是啊，其实，我们自己都想不太明白。原本是想来见见你们的纳多德。看来，是找错了人，但他还是被解决掉了，抱歉。"

那人叹了口气。"我倒不愁这事。我们都必须上交赋税来支付他的佣金。我想，没他我们也照样过日子。既然如此，你们都在干什么呢，抢到了什么战利品？"

"怎么，你那儿有什么好抢的吗？"

"我那儿？噢，没有。我家的炉子不错，但我觉得你们扛不上船去。"

"难道你就没有些金币什么的宝藏埋在后院里?"

"苍天呐,我也希望有啊。要有什么金银财宝,我自己就把这里翻个底朝天了。"

"是嘛,好吧,我觉得就算你有也不会说实话。"

他笑了。"这话说对了,朋友。但是我觉得,不管你是相信我还是杀了我,都不会得到任何好处。"他指了指阿肯,阿肯正靠在古努特身上,看来非常虚弱。"似乎你朋友遇到麻烦了。除非你想看着他丧命,否则干吗不带他进屋?我女儿可是个了不得的裁缝。"

这个叫布鲁斯的人有个小巧舒适的家。我们都走了进去。他的女儿在炉子边站着。当我们进门的时候,她紧张地低声惊叫。她长着满头浓密的黑发,瘦削的脸,雪一般白:一个漂亮的姑娘。事实上,她太美了,你都不会马上注意到她缺了一条手臂。我们不敢造次上前,只是猛盯着她瞧。至于古努特,你能看出来,他是实实在在被镇住了。他看着她,面色苍白,两眼圆睁,那样子更像是看见了一条疯狗而不是一个漂亮女人。他用手捋着自己的头发,还想要舔掉嘴唇上的面包屑。接着他点了点头,郑重其事地说了声:"你好。"

"玛丽,"布鲁斯说,"这人的肚子上破了个洞。我答应过要帮他治好。"

玛丽看着阿肯。"行。"她说。她撩起他的上衣检查伤口。"水。"她对奥尔说，他正在一旁看。当奥尔走向井边时，古努特嫉妒地看着他。然后古努特清了清嗓子。"我想搭把手。"他说。玛丽指给他看角落里的一小堆洋葱，让他切碎。布鲁斯在炉子里生上火。玛丽把水放到炉子上，又倒了点黏稠的粥进去。阿肯的脸色已经非常苍白，他爬到桌子上躺了下来。"我不太想喝粥。"他说。

"这事不用愁，"布鲁斯说，"粥是用来搭洋葱的。"古努特俯身在一张小桌子前切洋葱，还不忘偷看玛丽。他切了又切，切开所有的洋葱后，又重新把切开的洋葱再切一遍。最后，玛丽看了看他说："可以了，谢谢。"于是古努特放下刀。

粥烧开后，玛丽撒了几把洋葱到锅里，然后把混合物端给阿肯。他警觉地看着她，但当她把木勺举到他面前时，他像只幼鸟似的乖乖张开了嘴。他嚼了嚼咽下。"味道不是太好。"他虽这么说，但不停地吃着。

一分钟过去后，发生了件奇怪的事情。玛丽再次撩起阿肯的上衣，把脸凑到伤口上闻着。她停了片刻，接着又闻起来。

"这究竟是怎么回事？"我问。

"像这种伤口就得这么办，"布鲁斯说，"看看他有没有得'粥病'。"

"他没得什么'粥病',"我说,"起码,在这之前他没有。他得的病是肚子上被捅了个窟窿。现在把这家伙缝起来吧。"

"要是窟窿里有洋葱味飘出来,事情就不妙。那就说明他得了'粥病'而且要完蛋。"

阿肯抬起头。"是在说穿孔的肠子么?真不相信事情有这么糟。"

玛丽又闻了一下。伤口没有洋葱味。她用热水把阿肯擦干净,然后把伤口结结实实缝牢。

阿肯摸了摸缝合的伤口,心满意足,昏死过去。我们五个人站在一旁,谁都不知道该说些什么好。

"那么,"古努特说了句没经过脑子的话,"你生来就这样?"

"怎样?"玛丽说。

"我是说,缺一条手臂。你出生时就这样吗?"

"先生,这话你问对人了,"布鲁斯说,"是你们的人害她成这样的。"

古努特说:"噢。"然后他又噢了一声,接下来大家实在想不出该说什么了。

玛丽开口了。"不是你干的,"她说,"但那个人,我想杀了他。"

古努特对她说,要是她愿意告诉他是谁干的,并允许自己代她报仇，那就算是送了他个人情。

我说："我想喝一杯。奥尔，你那酒囊里有什么？"

他说没什么。酒囊就挂在他肩上，他伸出手护住。

"我是问你有什么喝的。"

"告诉你吧，哈罗德，就是一点白兰地。但我要靠它撑到回家呢。要是我被海水溅湿了，可不能少了驱寒的东西。"

古努特很高兴找着个缘由高声说话。"奥尔，你个狗娘养的。我们在海上漂了三星期一无所获，阿肯可能会死，而你都不想和大家分享点好东西。得了，这是我听说过的最糟糕最下作的事。"

于是奥尔打开他的酒囊，我们都喝了一口。酒又甜又烈，我们喝完大笑，又继续喝。阿肯醒了过来。他遭的罪让他变得多愁善感，他向美丽的外科大夫敬酒，又敬了美丽的天气，说他能活着看见这天过去是多么开心。布鲁斯和玛丽放松下来，我们像老朋友一样闲聊。玛丽说起住在路口的那个药剂师的黄色故事。她讲得很开心，似乎并不介意古努特站这么近。看着我们的样子，没人会相信是我们害这姑娘丢了一条手臂，很可能，也是我们害得布鲁斯没了老婆，但没人问起她的去向。

不久我们就听到井边一阵骚乱。我、古努特和奥尔走了出去。伽尔夫祖露着上身，他脸上、手臂上和裤子上的情况，你不用猜也知道。他举起一桶冷水，从头顶往下浇，高兴地大叫起来。他身上的淡红色血水直往下淌。他看见我们后，走了过来。

"好啊！"他边说边抖着头发里的水。他原地跳了一会儿，不停抖动，然后收拾了一下。"不错，真是太疯狂了。没多少收获，但玩得真他妈开心。"他揉着大腿，又吐了几口唾沫。然后他说："怎样，杀了多少人？"

"没有，"我说，"阿肯杀了那边那个叫什么来着的家伙，但我们想稍微悠着点。"

"嗯。那里面什么情况？"他问，指着布鲁斯的小屋，"谁住里面？你杀了他们吗？"

"不，我们没有，"奥尔说，"他们帮忙把阿肯救了回来。似乎都是好人。"

"没人要杀他们。"古努特说。

"那么，所有的人都在修道院里吗？"我问。

"是啊，绝大部分都在。那些年轻人为点破玩意儿起了争执，互砍起来。这样离开时划桨会辛苦得多。我想，得指望风向了。"

天空中都是棕色的浓烟，我隐约能听见有人在尖叫。

"就这么说定了，"伽尔夫说，"我们今晚在这里露营，如果好天气继续，明天我们打到麦西亚，看看能不能和这个该死的艾瑟瑞克把事情给了结掉。"

"我不知道。"奥尔说。

"不想去，"我说，"这就是捕风捉影的事。我家里还有个老婆和等着收割的小麦。"

伽尔夫绷紧下颚。他看着古努特："你也是？"

古努特点了点头。

"真的，准备叛变？"

"不是的，"古努特说，"我们只不过是想……"

"随你们怎么想，狗杂种！"伽尔夫咆哮道，"你们这帮混蛋是要和我的行动唱反调？"

"听着，伽尔夫，"我说，"没人要和谁唱反调。我们只是得回家去。"

他大喊大叫，大声喘粗气，然后高举着剑朝我们冲过来。古努特不得不快速闪到他身后牢牢抱住他。我走过去一手捂住他嘴巴，一手捏住他鼻子。过了一会儿，他开始冷静下来。

我们放开他。他站在那儿朝我们吹胡子瞪眼，我们把刀和其他家伙都亮了出来。最后他终于把剑收了回去，镇定下来。

"好吧，行啊，我算是看清楚你们了，"他说，"没啥了不起。你们回去好了。噢，我该告诉你们，奥拉弗森找到几头藏起来的牛。他准备烧给所有要走的人吃。想必很美味。"

古努特没有跑去大快朵颐。他说要留在布鲁斯和玛丽家照顾阿肯。当然，那都是废话，阿肯顺利跑到山下，往他那脆弱的胃里塞了大约九块大牛排。暮色渐暗,还是不见古努特的身影,我走回布鲁斯家去找他。古努特正坐在屋外一块空心木头上,往草丛里扔石子。

"她跟我走。"他说。

"玛丽吗?"

他面色凝重地点了点头:"我要带她回去做我老婆。她正和布鲁斯商量这事。"

"这事是她自愿的呢,还是你霸王硬上弓?"

古努特眺望着海湾那头,仿佛没听见这个问题。"她跟我走。"

我仔细考虑了一番这事。"你确信这是个好主意吗,带她回去和我们这些人一起生活,各方面都考虑过了吗?"

他陷入沉默。"要是有人敢碰她,或是说些不中听的话,那就另当别论,我会对付他的。"

我们坐了片刻,看着海滩上燃起篝火。温暖的夜风带来花朵和树木的香味,我被这份静谧彻底征服了。

我们走进布鲁斯家,里面只点着一支蜡烛。玛丽站在窗边,唯一的手臂抱在胸前。布鲁斯的情绪很激动。当我们进屋的时候,他过来堵在门口。"你们从我家滚出去,"他说,"你们不能就这么带她走,我只有她了。"

古努特看起来并不开心,但他用肩膀推开布鲁斯,让他跌坐在地。我上前伸手按住这个老农夫,他气得浑身发抖。

玛丽并没有朝古努特伸出手去。但他伸手带她朝门外走时,她没有抗拒。她看着自己父亲的眼神真是悲痛,但她还是忍住了。只剩下一条手臂了,她还能怎样?还有别的男人会要她吗?

当他们背对我们的时候,布鲁斯从桌上抄起把锤子,朝古努特挥去。我拦到他面前,朝他脸上砸了张椅子,但他没有停,胡乱抢着我的剑,想抓住什么救命稻草来阻止自己女儿被带走。我不得不牢牢地抱住他,再掏出刀子,像马嚼子一样贴住他的脸,然后他就不想挣扎了。我起身时,他只是静静地哭着。当我离开的时候,他朝我扔了什么东西,把蜡烛带灭了。

你或许觉得这是件好事,古努特找到个可以爱的女人,即便她未必也爱他,但假以时日,她起码会对他产生近乎爱的感情。但你又怎么看我们的那次航行呢?起风后,我们经过漫长的五个星期才终于到家。古努特几乎没对任何人说个只字片语,只是把玛丽护在他身边,想让她在我们——他的朋友们——中间不觉得紧张和害怕。他不敢正视我,当你得到某样无法承受其失去的东西时,才会像他那么忧虑恐惧。

经过那次出征,一切都变了。我感觉我们都已背弃轻松快乐的好时光，栽向万丈深渊。我们回家后不久，伽尔夫脚上的伤口里爬出条虫子，他不得不结束海盗生涯。古努特和玛丽整天待在家里，我难得见到他了。喝酒叙旧都成为要提前两周安排的麻烦事。而当我们聚到一起的时候，他会大笑着和我开些玩笑，但你能看出他心有旁骛。他已经得到他想要的，但这似乎并没有让他开心，而是忧思不断。

那时我并不是很理解古努特究竟在经历些什么，但当琵拉和我有了一对双胞胎，我们组建起家庭之后，我开始明白爱有多么可怕。你情愿自己恨他们，恨你的妻儿，因为你知道他们会在这世上遭遇些什么，因为你曾亲手做过那些恶。这让你发疯，但你仍对他们紧抓不放，对其他的事情视而不见。只是你依旧会在夜半惊醒，躺在床上侧耳辨认船桨碰撞、武器叮当的声音，辨认着那些人划着船朝你家驶来的声音。

短经典精选系列

走在蓝色的田野上
〔爱尔兰〕克莱尔·吉根 著 马爱农 译

爱,始于冬季
〔英〕西蒙·范·布伊 著 刘文韵 译

爱情半夜餐
〔法〕米歇尔·图尼埃 著 姚梦颖 译

隐秘的幸福
〔巴西〕克拉丽丝·李斯佩克朵 著 闵雪飞 译

雨后
〔爱尔兰〕威廉·特雷弗 著 管舒宁 译

闯入者
〔日〕安部公房 著 伏怡琳 译

星期天
〔法〕伊莱娜·内米洛夫斯基 著 黄荭 译

二十一个故事
〔英〕格雷厄姆·格林 著 李晨 张颖 译

我们飞
〔瑞士〕彼得·施塔姆 著 苏晓琴 译

时光匆匆老去
〔意〕安东尼奥·塔布齐 著 沈萼梅 译

不中用的狗
〔德〕海因里希·伯尔 著 刁承俊 译

俄罗斯套娃
〔阿根廷〕比奥伊·卡萨雷斯 著 魏然 译

避暑
〔智利〕何塞·多诺索 著 赵德明 译

四先生
〔葡〕贡萨洛·曼努埃尔·塔瓦雷斯 著 金文彭 译

房间里的阿尔及尔女人
〔阿尔及利亚〕阿西娅·吉巴尔 著 黄旭颖 译

拳头
〔意〕彼得罗·格罗西 著 陈英 译

烧船
〔日〕宫本辉 著 信誉 译

吃鸟的女孩
〔阿根廷〕萨曼塔·施维伯林 著 姚云青 译

幻之光
〔日〕宫本辉 著 林青华 译

家庭纽带
〔巴西〕克拉丽丝·李斯佩克朵 著 闵雪飞 译

绕颈之物
〔尼日利亚〕奇玛曼达·恩戈兹·阿迪契 著 文敏 译

迷宫
〔俄罗斯〕柳德米拉·彼得鲁舍夫斯卡娅 著 路雪莹 译

奇山飘香
〔美〕罗伯特·奥伦·巴特勒 著 胡向华 译

大象
〔波兰〕斯瓦沃米尔·姆罗热克 著 茅银辉 易丽君 译

诗人继续沉默
〔以色列〕亚伯拉罕·耶霍舒亚 著 张洪凌 汪晓涛 译

狂野之夜：关于爱伦·坡、狄金森、马克·吐温、詹姆斯和海明威最后时日的故事（修订本）
〔美〕乔伊斯·卡罗尔·欧茨 著 樊维娜 译

父亲的眼泪
〔美〕约翰·厄普代克 著 陈新宇 译

回忆，扑克牌
〔日〕向田邦子 著 姚东敏 译

摸彩
〔美〕雪莉·杰克逊 著 孙仲旭 译

山区光棍
〔爱尔兰〕威廉·特雷弗 著 马爱农 译

格来利斯的遗产
〔爱尔兰〕威廉·特雷弗 著 杨凌峰 译

终场故事集
〔爱尔兰〕威廉·特雷弗 著 杨凌峰 译

令人反感的幸福
〔阿根廷〕吉列尔莫·马丁内斯 著 施杰 译

炽焰燃烧
〔美〕罗恩·拉什 著 姚人杰 译

美好的事物无法久存
〔美〕罗恩·拉什 著 周嘉宁 译

魔桶
〔美〕伯纳德·马拉默德 著 吕俊 译

当我们不再理解世界
〔智利〕本哈明·拉巴图特 著 施杰 译

海米的公牛
〔美〕拉尔夫·艾里森 著 张军 译

对不起，我在找陌生人
〔英〕缪丽尔·斯帕克 著 李静 译

爱因斯坦的怪兽
〔英〕马丁·艾米斯 著 肖一之 译

基顿小姐和其他野兽
〔安道尔〕特蕾莎·科隆 著 陈超慧 译

在陌生的花园里
〔瑞士〕彼得·施塔姆 著 陈巍 译

初恋总是诀恋
〔摩洛哥〕塔哈尔·本·杰伦 著 马宁 译

美好事物的忧伤
〔英〕西蒙·范·布伊 著 郭浩辰 译

一切破碎，一切成灰
〔美〕威尔斯·陶尔 著 陶立夏 译

纵情生活
〔法〕西尔万·泰松 著 范晓菁 译

命若飘蓬
〔法〕西尔万·泰松 著 周佩琼 译

爱，趁我尚未遗忘
〔海地〕莱昂内尔·特鲁约 著 安宁 译

水最深的地方
〔爱尔兰〕克莱尔·吉根 著 路旦俊 译

石泉城
〔美〕理查德·福特 著 汤伟 译

哥哥回来了
〔韩〕金英夏 著 薛舟 译

他们自在别处
〔日〕小川洋子 著 伏怡琳 译

恋爱者的秘密生活
〔英〕西蒙·范·布伊 著 李露 卫炜 译

在奥德河的这一边
〔德〕尤迪特·海尔曼 著 任国强 戴英杰 译

当我们谈论安妮·弗兰克时我们谈论什么
〔美〕内森·英格兰德 著 李天奇 译

死水恶波
〔美〕蒂姆·高特罗 著 程应铸 译

一个自杀者的传说
〔美〕大卫·范恩 著 索马里 译

我的爱情，我的伞
〔爱尔兰〕约翰·麦加恩 著 〔爱尔兰〕科尔姆·托宾 编 张芸 译

蝴蝶的舌头
〔西班牙〕马努埃尔·里瓦斯 著 李静 译

未始之初
〔西班牙〕梅尔塞·罗多雷达 著 元柳 译

子弹头列车
〔加拿大〕邓敏灵 著 梅江海 译